사유악부 소설선 01

젤리피쉬 드림하우스

김내언 장편소설

사유악부 소설선 01

김내언 장편소설

젤리피쉬 드림하우스

Jellyfish's Dreamhouse

그는 처음 그녀를 고스란히 그대로 상자 속에 담아두고 싶었다. 가끔 궁금하면 열어보듯, 그는 그녀가 평범하게 어딘가에서 잘살고 있는지만 알고 싶었을 뿐이었다. 그런데 그녀가 뜻밖에도 그를 이 방으로 데려왔다. 그렇게 아침을 준비하고 7시 30분경 집을 나서서 버스를 타고 회사에 가면, 9시에 회의를 하고 10시쯤 그날의 서류작업을 마치고 11시쯤에는 사무실을 나와 그가 있는 이 방으로 다시 왔다. 그때 집에 들어서는 그녀의 손에는 그날 먹을 야채나 반찬 같은 것이 들려 있었는데, 그녀가 집까지 걸어오는 몇 가지 경로의 길 위에 있는 반찬 가게나 야채 가게에서 산 것들이었다. 바다가 가까워서인지 신애는 자주 싱싱한 생선을 구웠고, 돼지고기나 새우 낙지 같은 것들로 양파와 함께 볶아 접이식 식탁에 앉아 둘이서 나눠 먹었다. 그러고는 그녀는 다시 영업을 하러 집을 나갔다. 그는 그녀가 보험회사 직원이라는 사실만 알고 있었을 뿐, 하루 종일 어디를 가는지, 누구를 만나는지는 알지 못했다.

사유악부

차례

1부 젤리피쉬 드림하우스 | 7

2부 툭, 날아간 너란 돌멩이 | 83

3부 메두사 | 135

4부 보름달물해파리 | 207

1부

젤리피쉬 드림하우스

1.

이 집은 정말이지 적막하다.

아무런 소리가 없다. 언젠가 진지하게 세어본 15개의 원룸이 들어 있는 이 집에 비어있는 방은 없다고 했다. 사람들이 어딘가 있다지만 소리는 들리지 않았다. 3층짜리 빌라는 비대했고 무거웠고 고요했다.

구상규는 늦은 아침잠에서 깨난 순간부터 흰색 천장에 드리워진 옅은 그림자를 쳐다보고 있었다. 바깥 어딘가에서 물결이 반사된 듯 하얀 레이스의 하늘거림 같은 그늘이 일렁이고 있었다. 빛과 그늘의 일렁거림은 음악 소리처럼 나른하면서도 악어 떼가 숨은 늪의 고요한 물결처럼 음험해 보이기도 했다. 저 심상함과 평온의 물결 밑에는 악어가 숨어 있는 거야. 위험은 늘 일상의 아른거리는 물결을 찢고 솟구쳐 오르는 것이니까.

그의 옆자리에는 온기가 없다. 어젯밤에도 그녀는 들어오지 않았다. 가끔 그가 불안한 잠에서 깨어나 옆자리를 보면 작고 귀여운 도마뱀처럼 몸을 돌돌 말고 등을 보인 채 누워 자고 있는 그녀를 볼 수 있었다. 그런 그녀의 잠든 모습을 보면 먼저 외로움과 안도감이 동시에 밀려들었다. 그녀는 이 공간과 그에게조차 속하지 않겠다는 듯 떨어져 스스로를 말고 있었기 때문이었다. 그런데 지금은 그 옆자리마저 비어있었다.

신애는 어제도 들어오지 않았다. 벌써 6일째다. 그녀는 가끔 밤에 들어오지 않는 날이 있었지만, 이번에는 너무 길어져서 뭔가 불길함이 느껴졌다. 생각하기도 싫지만 이대로 그녀가 돌아오지 않는다면, 그는 그 생각만으로도 세상이 숨 막힐 듯 차갑게 얼어붙는 듯했다.

봄인데도 방은 아직도 서늘했다. 기분 때문인지 이불 밖은 겨울보다 더 추웠다.

그는 침대에 누운 채 안쪽 문살이 있는 유리 창문을 한쪽으로 밀었다. 살짝 건드렸는데도 탕, 소리가 나도록 안쪽 창문은 요란한 소리를 내며 열렸다.

지은 지 얼마 되지 않는 이 집의 모든 문들은 아직 새것이었고 너무나 유연했다. 그러나 차가운 겨울바람과 여름의 강렬한 햇빛에 문틀의 나뭇결이 조금씩 말라서 뒤틀리고 탈

색되어 가고 있는 것이 눈에 들어왔다.

아침 10시가 넘었는데도 이 동쪽 끝방 201호에는 그림자만 드리워져 있을 뿐 햇빛이 완전히 들어오지 않았다. 동쪽 창이라 한낮이라도 어두웠다. 게다가 높은 상가 건물들 사이의 삼 층 건물이라 햇빛은 오후로 넘어가는 잠시의 시간에 조각보만큼 비스듬하게 들어왔다가 나갔다.

평소대로라면 그는 하루 종일 그런 식으로 드러누워 빛과 그늘을 좇으며 하루를 보냈고, 핸드폰을 들여다보며 앉아 있곤 했다. 그런데 지금은 이 시간에 일어나야 할 뚜렷한 이유도 없어서 그는 도로 누우며 이불을 뒤집어썼다.

이불 너머 어디선가 희미하게 생선 기름 찌든 냄새가 났다. 그것은 신애가 이곳에 있었던 흔적과도 같은 것이었다.

이 방에 온 첫날 자신이 구워준 고등어를 구상규가 맛있게 먹는 모습을 신애는 맞은편 접이식 간이 식탁에 턱을 괴고 앉은 채 무척 나른한 표정으로 지켜보았다. 그녀는 고깃집에서 회식 후라서 배가 부르다고 했다. 밤 가까운 시간에도 그가 저녁 식사를 하지 않았다는 사실을 알고는 냉장고 안을 뒤지더니 이것밖에 없다고, 혼자 먹기는 너무 번거로워 미루고 있던 거라며 간고등어를 굽고는 밥과 김, 김치를 꺼내놓았다.

당시 구상규는 몰랐는데, 신애가 해준 밥을 먹으며 비

로소 자신이 누군가가 해주는 따뜻한 밥을 몹시 그리워했다는 것을 알았다. 그녀가 주는 그 어떤 것도 그는 맛있게 먹었겠지만, 신애는 그것을 생선에 대한 그의 선호라고 생각한 듯했다. 그때나 지금이나 그는 음식의 맛은 먹는 사람의 상황이 결정한다고 생각하는 편이었고 음식에 대해 그다지 까다로운 편이 아니었다. 그날 이후로 그녀는 가끔 시간이 나는 오후에는 생선을 구워주곤 했다.

그녀는 다음 날부터 그에게 아침을 만들어주었다. 아침은 그에게도 그리 익숙하지 않았는데 그동안 아침을 챙겨 먹지 않았다. 그가 아침은 신경 쓰지 않아도 된다고 말했을 때 그녀는 자신도 아침을 준비하는 것은 꽤 성가시고 귀찮은 일이라고 말했다. 그러나 정작 다음 날 아침이 되었을 때 그녀는 마치 자동 프로그램 되어있는 기계처럼 빠른 동작과 충분한 몰입으로 물을 끓이고 토스트를 구웠다. 그녀의 아침 준비는 단순하게 싫다 좋다로 표현할 수 없는 그녀만의 특별한 의식처럼 느껴졌다. 처음 그런 그녀를 잠에서 덜 깬 표정으로 지켜보며 어제의 일을 그녀가 까먹었다고 그는 생각했다. 그런데 며칠 동안 그 뒷모습을 바라보면서 갑자기 뭔가를 알 것 같은 느낌이 들었다. 아침을 준비하는 그녀의 행동에는 어떤 시간대에 형성된 뿌리 깊은 습관이거나, 심리적인 보상과 관계된 것 같았다. 이제는 더 이상 혼자가 아니어서 다행이라는 듯, 아니면 지금 이곳이 아닌 그 어딘가에 그가 아닌 다른 누군가를 위한 행동일 뿐, 그 자신은 얼굴도 모르는 누군가를 대신하고 있는 것 같았다.

눈을 떴는데 그녀가 있는, 낯선 아침들이 이어졌고, 그는 침대 위에서 꼼짝하지 않은 채 자신이 대신하고 있는 사람은 누구일까 생각했다. 하지만 그 말을 입 밖으로 꺼내어 묻고 싶지는 않았다. 그는 이곳으로 와서 신애를 만났을 때부터 이미 그렇게 해야만 한다고 생각했다. 그는 처음 그녀를 고스란히 그대로 상자 속에 담아두고 싶었다. 가끔 궁금하면 열어보듯, 그는 그녀가 평범하게 어딘가에서 잘살고 있는지만 알고 싶었을 뿐이었다. 그런데 그녀가 뜻밖에도 그를 이 방으로 데려왔다.

그렇게 아침을 준비하고 7시 30분경 집을 나서서 버스를 타고 회사에 가면, 9시에 회의를 하고 10시쯤 그날의 서류작업을 마치고 11시쯤에는 사무실을 나와 그가 있는 이 방으로 다시 왔다. 그때 집에 들어서는 그녀의 손에는 그날 먹을 야채나 반찬 같은 것이 들려 있었는데, 그녀가 집까지 걸어오는 몇 가지 경로의 길 위에 있는 반찬 가게나 야채 가게에서 산 것들이었다. 바다가 가까워서인지 신애는 자주 싱싱한 생선을 구웠고, 돼지고기나 새우 낙지 같은 것들로 양파와 함께 볶아 접이식 식탁에 앉아 둘이 나누어 먹었다.

그러고는 그녀는 다시 영업하러 집을 나갔다.

그는 그녀가 보험회사 직원이라는 사실만 알고 있었을 뿐, 하루 종일 어디를 가는지, 누구를 만나는지는 알지 못했다.

그는 하루 종일 말을 거의 하지 않았고, 신애 또한 말이 많은 편은 아니었다. 예전에도 그랬던가, 그는 가끔 생각했지만 기억나지 않았다. 둘은 사실 과거와 미래에 대한 접점이 별로 없었다. 두 사람 사이에는 낯설고 확실하지 않은 현재라는 것뿐이었다.

신애와 보내는 현재는 단순했다. 간단한 점심을 접이식 식탁에 마주 앉아 말없이 나눠 먹었고, 서로 교대로 설거지하고, 세탁기를 돌려 빨래를 했다. 그리고 간혹, 시간이 없을 때면 옥상에 그것을 널어줄 것을 그에게 부탁하고 신애는 다시 나가서 늦은 저녁이거나 밤에 집으로 돌아왔다.

그는 여기로 온 이후 대부분의 시간을 잠자는 것으로 보냈다. 밖으로도 잘 나가지 않았다. 그는 더이상 사람들의 눈에 띄기 싫었고 또 나가야 할 이유도 없었다. 이 도시에는 친구도 없었고, 일도 없었다. 그는 여분의 시간 여행 중이었기 때문이다.

스멀스멀 피어오르는 안개와 함께 그는 이 도시에 도

착했다. 밤으로 가는 늦은 저녁이었고 아무런 약속이나 기대도 없이 기영수에게서 받은 전화번호로 전화 했다.

그날 신애는 반달 까페에서 그에게 물었다. 월산시는 유난히 달의 이름을 가진 동네가 많았다.

"이곳엔 왜 왔어?"

그녀는 그때 베이지색의 투피스에 반 부츠를 신고 있었는데 전형적인 직장인 차림이었고 어딘지 나른하게 풀린 듯했다. 두 손을 마주 깎지 낀 채 한쪽 무릎 위에 올리고는 시들한 눈빛으로 물었는데, 약간의 호기심과 반신반의한 표정이었다.

그때 그는 아주 가볍게 말했다.

"꽃이나 보려고."

그녀는 전혀 예상치 못했는지 눈을 크게 뜨고는 깜빡이지도 않고 잠시 얼어붙은 듯 가만히 있었다. 구상규는 그런 그녀를 힐끗 보고는 툭, 한마디 더 던졌다.

"너랑."

"나랑?"

그건 참으로 유치하고 그런 게 먹힐지 싶은데, 부리가 얼어붙은 겨울새처럼 신애는 꽤 진지한 표정으로 굳어있었다. 그러다 갑자기 깨어난 듯 몸을 바로 세우며 의아하다는 듯 물었다.

"아직 꽃이 없는데? 한 겨울이잖아. 아직 1월도 다 지나지 않았다고."

마침 때늦은 캐럴 메들리가 흘러나왔다. 저 미친 캐럴은 왜 계절을 모르는 걸까, 그리 생각했던 것 같다.

"곧 필 거야. 이제 봄이잖아."

그는 목소리를 한 톤 높여 말했다. 캐럴 따위 지워버리고 싶었다.

그런데 그 말이 마음에 들었을까?

신애는 그날 그를 자신의 방으로 데리고 왔다. 길거리에서 주운 돌멩이가 마음에 든다는 듯이 너무도 가볍고 쉽게 그를 주워 가져다 놓았다. 그는 처음에 그런 신애가 웃기기도 하고 바보가 아닐지 생각했다.

뭔가 횡재한 것 같기도 했다. 그리 쉽게 그가 받아들여지리라고는 생각하지 않았기 때문이다. 어쨌든 그는 정말로 주워다 놓은 돌멩이처럼 그 자리에서 먼지를 뒤집어쓰고 가만히 있기로 했다. 그가 하는 일이라고는 신애의 부탁으로 두껍고 큰 빨래를 널기 위해 3층 옥상으로 올라가서 몇 개 되지 않는 그녀의 겨울옷이나 침대 시트 같은 것을 널거나 골목 앞 슈퍼에 가서 일회용 면도기와 담배, 커피믹스, 생수와 라면을 사러 나가는 것이 전부였다.

그는 혼자 밖으로 나가지 않았지만 바다가 가까이 있다

는 것을 알았다.

신애가 들고 오는 싱싱한 생선과 안개가 자주 끼어 어두침침한 겨울의 해와 약간은 짜고 습기가 있는 이곳의 공기도 마음에 들었다. 아니 마음에 들었다기보다는 편안하게 하는 무엇인가가 있었다. 그것이 무엇인지는 알 수 없었지만, 그는 이 상황이 마음에 들었고 침상의 병자처럼 그렇게 자신을 방치했다. 3개월여 동안의 방치였지만 3년이었어도 그는 상관없었다. 의외로 그녀와 보내는 일상은 편안하고 고요했는데, 그녀는 말이 많지 않았기 때문에 그녀의 마음을 알아야 할 일도 없었다.

그런데 그게 아니었던가? 신애가 연락도 없이 갑자기 돌아오지 않는다.

별것도 없었던 지난 3개월이 그에게는 은밀하게 엄청났던 것이 분명했다. 그녀가 들어오지 않는 이 방이 얼마나 숨 막힐 듯하고 어떻게 굳어버릴 수 있는지 말해주고 있으니까.

그는 어디에 구멍이 났나, 신애의 하루를 되새김질했다.

그녀의 생활은 기본적으로 규칙적이었지만 정확하지는 않았다. 사람을 만나 영업하는 것이 일이라 했고, 만나는 사람도 많다고 했다. 그녀는 사람을 만나기 위해 때로는 이웃 도시로도 가는 듯했다. 며칠 동안 집을 비우기도 했다. 그러다 그녀는 들어와 아무 일 없다는 듯이 다시 이전과 같은 생활로 돌아왔다. 처음에는 걱정스러웠지만 그것도 반복되는 과정일 뿐 그녀는 돌아왔다.

구상규는 나흘째에 그녀의 개인 전화기에다 전화를 걸었고, 그다음 날에는 톡을 남겼다.

신애는 2개의 핸드폰을 가지고 다녔다. 하나는 영업용이었고 하나는 개인용이었다. 처음에는 그녀의 개인용 핸드폰에다 전화했는데 울리기는 했지만 받지 않았다. 다시 한 번 전화를 해볼까 하다가 그날은 그만두었다. 흔적을 남겨놓았으니 그녀가 전화할 거라고 쉽게 생각했다. 그러나 다음날까지 그녀에게서 답신은 없었고, 나중에는 영업용 핸드폰에다 전화를 걸었다. 그 전화번호는 기영수에게서 받아서 신애를 찾게 된 바로 그 전화번호였다. 그런데 이제는 그 전화번호도 연결되지 않았다. 그는 다시 그녀의 개인 전화로 전화했지만 역시 받지는 않았다.

문자나 톡을 읽은 흔적조차 없었기에 어쩌면 전화기를 잃어버렸거나 충전이 안 된 것은 아닐까 생각했지만 하루 이틀 사이에 전화기 두 개가 동시에 연결이 안 된다는 것은 사고가 난 것이거나 아니면 의도적으로 그를 거절하고 있다는 생각이 들기 시작했다. 그 사실이 그의 발목을 잡아 현관문 밖으로 뛰쳐나가지 못하게 했다. 만약에 그녀가 그를 피하는 것이라면 이유라도 말해주길 원했다. 그 어떤 이유라도 그에게 말해주었다면 그는 조용히 지나갈 수 있었다. 그런데 이렇게 피한다고? 모든 게 그대로 얌전히 담겨 있는 자신의 방을 버린다고? 거기까지 생각하면 그는 무엇인가를 해야할 듯했고, 그럴 때면 벌떡 일어나 방안을 맴맴 돌다가 붙박이 옷장을 열어서 신애의 얼마 되지 않는 몇 개의 옷가지와 가지런한 속옷들을 확인해 보고 거울 옆 화장품을 둘러보곤 했다. 또 동시에 그녀가 먼저 연락하기를 가만히 돌멩이처럼 기다려야 할 것 같기도 할 때면 자신의 자리인 침대로 걸어가 나날이 희미해지는 생선 기름 냄새를 찾아 이불을 얼굴까지 덮고는 킁킁거리며 냄새를 맡았다.

그렇게 불확실하고 혼란스러운 상태에서 누군가를 안다는 것은 무엇을 알아야 하는 것일까 생각하곤 했다. 그녀에 대해 꽤 안다고 생각했는데, 곧 신애에 대해서 아는 것이 거의 없다는 것을 깨달았다. 그는 그녀가 어디에 있는지, 그녀의 마음이 어떤지 궁금해졌다. 그동안은 별로 알고 싶지 않았던 것인데, 그러면서도 좀 어이가 없긴 했다. 아직 정해지지 않았고 금방 사라져 버릴 마음, 하루에도 몇 번이나 바뀌는 그녀의 변덕스러울 마음이 갑자기 알고 싶어졌다. 누군가 들었다면 딱 비웃음이나 사기 쉬울 그것, 현실 앞에서는 너무도 쓸모없는 그것 마음이란 것. 그런데 정말로 그게 누군가를 아는 것일까?

그는 일어나 앉아 창밖을 바라보았다.

눈앞에 이 동네 집들의 옥상이 펼쳐져 있었다. 전망이랄 것도 없었다. 그냥 포위당해 있을 뿐이었다. 그에게 집이란 것은 어린 날 태권도장에서 받은 장식장에 든 트로피처럼 자신을 위한 것이 아닌 남의 시선을 위한 것일 뿐이었다. 밖에서 볼 때는 깃들고 싶어지다가도 집 안으로 들어가면 어김없이 부패의 냄새처럼 수상쩍은 냄새를 피우는 곳이다. 그에게 집은 적막하고 갑갑한 무덤으로 금방 변질되곤 했다. 나날이 더욱더 깊이 파고 내려가는 무덤.

이곳은 이상하게도 일상의 찌꺼기 같은 것이 없었다. 아이들의 목소리, 문을 여닫는 소리, 대낮의 음악 소리, 티브이 소리, 그리고 싸우는 소리 따위들. 끊임없이 쓸고 닦아낼 그날의 찌꺼기, 쓰레기 같은 것.

신애와의 연락이 끊어지고 막막한 안개의 들판에 홀로 선 것은 같은 기분이 들자, 구상규는 기영수를 떠올렸다. 기영수에게 연락을 해볼지 잠시 생각해보았다. 신애의 업무용 핸드폰 전화번호를 가르쳐 준 것이 기영수였다. 그러나 또 마음 한구석에선 자신이 이곳에 있다는 것을 기영수에게 말하고 싶지가 않았다. 오래전부터 기영수가 속하지 않은 비밀 같은 것을 만들고 싶었다.

기영수는 늘 직장을 그만두고 놀고 있을 때 구상규에게 전화를 해오곤 했다.

그들은 서로를 걱정하는 것인지, 염탐하는 것인지 알 수 없는 시간들을 지나왔다.

"응, 어디야?"

기영수의 전화번호가 액정에 뜨자 구상규는 평소처럼 인사도 생략하고 물었고, 기영수는 예상에서 한 치도 벗어나지 않은 대답을 해왔다.

"그냥. 문득 궁금해서."

"싱겁긴. 때가 되었나보지?"

"낚시 가야지. 벌써 비행기 티켓도 끊었는데."

"그런데, 안 가고 뭐 하냐?"

"아무래도 요즘 난 침대와 사랑에 빠진 것 같아. 내 침대에는 귀신이 붙었다니까. 내가 누워있으면 어떤 여자의 길고 따스한 두 팔이 덩굴처럼 뻗어 나와서 나를 꼭 감싸 안는 게 느껴지거든. 나는 너무 기분이 좋아져서 그 여자와 내도록 뒹구는 거지. 하루 종일을, 그 여자가 나를 놓아주지 않으니까. 지칠 줄 모르는 그녀는 너무 열정적이고 섹시해."

"미친놈. 서른네 살이나 처먹어서 침대랑 정분났냐? 그러지 말고 사실대로 말하지 그래? 무슨 일이 있는 건 아니지?"

"내 첫사랑은 너였는데, 같이 살래?"

"뭐? 이 미친놈이 사람을 어떻게 보고? 내가 왜 너랑 살아?"

그날도 구상규는 늘 그랬듯 농담으로 받았다.

"너, 나 좋아하지 않았냐?"

"널 미워한 시간이 더 많았는걸."

구상규가 그렇게 놀렸고 기영수는 웃다가 기침을 했다.

"넌, 괜찮은 거냐? 낚시 안 가고 왜 침대에 누웠어?"

누굴 걱정하는지 자괴감이 들 일이지만 상규는 아주 조금 걱정스러운 목소리로 물었다.

"그래, 그러니까 확인하러 와야지. 내 침대 애인 소개시켜줄 수 있는데. 올래?"

기영수는 그의 진지함 따위 가벼운 농담으로 받았다.

그렇게 신월 도림천 근처의 까페에서 기영수는 그리 상태가 좋아 보이지는 않았다. 정말로 침대에서 얼마나 오랫동안 뒹굴뒹굴했는지 그의 옷차림과 머리카락 길이가 5년은 방목된 양의 모습을 하고 있었다. 그동안 다니던 호텔을 그만둔 건 예상하지 않았던 일이라고 했다. 그는 한 직장에서 2년을 넘기지 못했다.

"이번엔 이유가 뭐냐?"

구상규가 아이스 커피의 얼음을 빨대로 휘휘 저으며 물

었다. 사실 그동안 들어온 이유들을 종합한 결론으로 그에겐 이유 따위가 중요하지 않았다. 그가 그만둔 이유에는 특별한 이유가 없었다.

“팀장 놀이가 지겹다고 했더니, 윗대가리가 잘랐지.”

“왜? 진급하는 게 싫어?”

“당연하지. 무언가를 책임지는 게 싫어서. 이런 엿 같은 시절에 책임질 일은 나만 피곤하잖냐. 돈을 많이 주는 것도 아니고 회사에 시간을 갈아 넣을 인간이 어디 있겠냐? 정년을 책임져 주는 것도 아닌데. 돈 받은 만큼만 일하는 거지.”

둘은 잠시 말없이 시선을 다른 곳으로 둔 채 커피를 마셨다.

기영수는 약간 벌어진 앞니로 빨대를 깨물며 이마를 반쯤 가린 곱슬머리 사이로 눈을 높이 뜨고 이리저리 까페로 시선을 돌리고 있었다. 기영수의 그런 집중하지 않는 태도는 그가 무료하거나 대화를 회피하고 싶을 때나 하는 행동이었다. 그는 단순했고 직진하는 버릇이 있었다. 그런데 그는 엄청난 인내심을 가지고 아무런 말을 하지 않았다. 아마도 구상규에게 무언가 이유를 묻고 싶었을 것이다. 왜 그랬어? 왜 다 때려치우고 도망갔어? 아마도 기영수는 자신에게 그것을 묻고 싶었을 것이다. 그러나 기영수가 말하지 않으니, 자신도 아무런 말을 하지 않을 작정이었다. 그래서 구상규는 기영수에게 그가 싫어할 만한 안부를 계속 묻기만 했다.

"그래서 돈은 좀 모았어?"

기영수는 직장 생활 사이사이 돈을 모아 낚시를 하면서 시간을 보냈다.

"충분히. 이제 가기만 하면 돼."

"어디로? 티켓 끊었다며?"

구상규는 얼음을 와자작 씹으며 무심히 물었다. 아이스커피가 거기서 거기였지만 커피 맛은 생각보다 괜찮았고 얼음으로 맛이 희미해지는 것이 아쉬웠다. 그래서 커피 맛을 지키기 위해 얼음을 열심히 먹고 있는 중이었다. 얼음이 너무 많아서 소용없는 일이었다.

기영수는 약간 떨떠름한 표정으로 생각에 잠긴 얼굴이 되더니 중얼거렸다.

"글쎄. 아직 생각 중이긴 하지."

그는 커피에서 멀리 몸을 떼어내 의자 등받이에 등을 붙이며 과장되게 눈을 찌푸렸다.

"몽골을 생각하기는 했는데, 8월에 갈려고. 그런데 생각보다 빨리 퇴사를 했지뭐야."

"그래서 지금은 침대에만 있는 거야?"

"왜? 관심 있어? 나와 갈래? 요즘은 알래스카로 갈까 생각 중인데."

기영수는 엉뚱한 면이 많았는데 그래서인지 그와의 모든 순간이 농담 같았다.

"너와는 안가. 내가 언제 말하지 않았냐? 너와는 절대 다시는 안 간다고........"

"넌 진짜 지랄 같이 인정머리 없는 놈이야. 나는 애써 참고 있는데."

"네가 참는다고? 나보다 네가 문제지. 넌 나랑 다니면 유치해지잖아. 섬 사건은 지금도 잊을 수 없지."

"언제까지 몇백 번 우려먹은 섬 또 우려먹는 거냐고. 사골이 되어서 개도 안 먹겠다. 그만 좀 해라."

"뭐래? 그걸 왜 그만둬. 너의 불행이 내 기쁨인데." 그의 농담에 기영수가 입을 다물었다. 별로 좋지 않은 신호였다.

"왜 그래? 침대 애인에게서 쫓겨났냐? 네가 싫대?"

구상규는 농담 반 진담 반으로 그의 침대 애인을 소환했다. 평소 같았으면, 그냥 웃고 말았을 것이다. 그런데 그날은 그렇지가 않았다. 성격 좋은 기영수는 왠지 뒤틀려 있는 것 같았다. 설마 섬 이야기에 삐졌을 리는 없었는데 무엇 때문인지는 알 수가 없었다.

"넌 정말 진심이라고는 하나도 없지? 그러는 넌 주희씨가 네가 싫대? 싫어서 결혼도 안 하겠대?"

신주희는 그와 결혼할 뻔한 여자였다. 가느다랗고 길쭉한 그녀는 웃음도 가느다란 여자였다. 그녀의 얼굴을 떠올리자, 마음 한쪽 구석에서 금이 가는 소리가 들렸다. 상규는 가볍게 기침을 했다.

"그래 안 하겠대. 진심이는 없고 방심이만 있어서 결혼 못하겠다고 하더라."

그렇게 말했지만, 그 또한 그런 식의 대화가 싫어서 얼음만 가만히 깨물고 있었다.

"너, 신애 소식은 아냐?"

"신애? 걔가 거기서 왜 나와?"

뜬금없는 말이었다. 그렇게 반문하자 이번에는 기영수가 피식 웃었다.

"그 봐. 너도 신애 이야기는 농담으로라도 듣는 게 싫은 거지? 그렇지?"

말은 그렇게 하면서도 이상하게 날카롭게 섰던 그의 눈빛이 묘하게 가라앉는 느낌이었다.

"넌 섬에 끌려다니지나 마라. 미친놈아."

굳은 표정으로 그를 비꼬는 구상규를 한동안 가만히 쳐다보더니 기영수는 어쩔 수 없다는 듯 떨떠름한 표정으로 웃었다.

"그래. 우린 둘 다 미쳤지. 미치거나 고장 나거나 열심히 망가뜨렸지. 됐지?"

그렇게 둘은 한동안 불만에 찬 침묵으로 자신들의 음료를 작살내다가 나중에는 술집으로 이동했다. 연탄갈비집에서 돼지갈비와 맥주와 소주를 섞어 한참을 마시다가 근처 모텔에 들어가 잠이 들었는데 언제 갔는지 기영수는 사라지고 없었다.

2.

오전에서 오후로 넘어가는 11시 무렵 골목 밖 길거리는 텅 비어있는 듯 조용했다.

슈퍼집 주인 설정식은 슈퍼 앞에서 회사 로고가 박음질된 점퍼를 입고 손에는 서류철을 들고 있는 물류 담당자와 이야기를 나누고 있었다.

"기본이 일주일에 열 박스니까요. 이런 건 그렇게 나가요."

"여기선 그렇게 많이 나가지 않아요."

슈퍼집 남자는 그의 큰 머리통을 저었다. 흐트러진 그의 덥수룩한 머리카락이 사자의 갈기를 연상시켰다.

구상규는 슈퍼 안으로 들어가 담배 진열대 앞을 서성이며 주인이 들어오기를 기다렸다.

주인이 그를 믿는 것인지, 아니면 경계심이 없는 것인

지, 그가 가게에 먼저 들어와 있는데도 금방 따라 들어오지 않았다. 그는 담배 매대에서 잠시 서성이다가 라면 진열대로 옮겨갔다.

습관처럼 라면 진열대에서 컵라면 두 개와 워크인 냉장고에서 맥주 두 캔을 집어 들고 매대에 올려놓자, 슈퍼주인이 들어왔다.

"어, 기다리게 해서 미안합니다."

"던힐 6밀리도 주세요."

"센 거 피우시네요."

슈퍼주인은 그가 주문한 담배를 진열대 아래 구석에서 꺼내면서 말했다.

카운터 뒤쪽의 진열대에서 주인 남자가 꺼내어 준 담배를 받아 들자, 신용카드를 받을 사이도 없이 매대 옆의 쓰레기통 앞에서 비닐껍질을 벗겼다.

"요즘은 6밀리는 잘 안 피우던데."

슈퍼주인이 승인이 끝난 카드와 맥주와 컵라면이 든 비닐봉지를 내밀며 말했다.

"저도 한동안 1밀리그램짜리를 피웠는데, 너무 오랜만이라 어떨지 모르겠네요."

신애가 그와 담배를 함께 나눠 피우는 바람에 신애의 입맛에 맞추느라 그동안 그는 1밀리그램짜리를 피웠다.

슈퍼 앞에 서서 바다 쪽을 바라보며 담배에 불을 붙이고 깊이 연기를 빨아당겼다. 머리가 핑 돌았다. 담배 연기로 가느다랗게 뜬 눈앞에는 바다가 집 사이에서 아른아른 고흐의 춤추는 나무와 풀과 하늘처럼 일렁이고 있었다.

잠시 후 그는 담배를 피우면서 조금 넓은 소방도로로 걸어가 20여 층 높이의 아파트 후문 공터에 버려져 있다시피 세워져 있는 자신의 낡은 회색 자동차를 보았다. 마치 과묵하고 오래된 친구를 길 가다 멀리서 발견했을 때와 같은 묘한 거리감과 친밀감이 드는 기분을 느꼈다.

그는 자신의 차로 휘적휘적 걸어갔다. 가까이 다가갈수록 지난겨울 동안의 흙먼지와 새똥을 두텁게 뒤집어쓰고 있는 것이 선명하게 보였다. 세차하지 않으면 새가 둥지를 틀고 길고양이가 집을 삼을 듯했다. 별 의미 없이 겨울 거센 바닷바람에 시달려 생기가 없어 보이는 타이어를 그는 발로 툭툭 차보았다. 타이어의 공기는 충분해 보였다.

방전은 되지 않았을까, 잠시 고민도 되었다. 노상에 주차된 차가 겨울을 잘 났을지 의문스럽기도 했다. 충전을 시킬까 생각이 들었지만, 자동차 키를 들고나오지 않았다.

구상규는 하얀 담배 연기를 뿜어내며 실눈을 뜨고 다시 바다를 바라보았다. 그 위에 가운데쯤에 섬이 하나 떠 있는 것이 보였다. 마음속 깊은 곳에서는 망설이고 갈팡질팡하고 있었다. 자유라디칼이라도 된 듯 돌아다녀야 할 것 같기도 하고 또 한편에서는 그 자리에서 가만히 있어야 할 것 같기도 했다.

11시 무렵의 이 늦은 아침만 해도 그랬다. 무언가를 해야 할 것 같기도 한 하루였고 동시에 아무 일 없다는 듯 제자리를 지키며 견뎌야 할 하루였다.

햇빛은 제법 따뜻했다. 하지만 집안은 햇살이 있는 바깥보다 더 추울 것이다. 그래서 썰렁한 집으로 돌아가기가 망설여졌다.

한 손에는 컵라면이 든 비닐봉지를 들고도 거리의 부랑자처럼 서서 아침을 하는 식당을 찾아서 나설지 망설였다. 따뜻한 밥에 대한 알 수 없는 허기가 밀려왔다. 그러나 곧 포기했다. 모든 게 귀찮아졌고 슈퍼 앞 파라솔 밑에 앉아서 컵라면 비닐을 벗겼다. 아직 문을 열지 않은 음식점을 찾아서 온 동네를 쓸고 다닐 것을 생각하니 엄두가 나지 않았다.

그는 다시 슈퍼 안으로 들어가 나무젓가락과 컵라면에 뜨거운 물을 부어왔다. 슈퍼주인은 장갑을 끼고 물건 정리를 하다 아무런 말도 없이 젓가락을 꺼내주었다.

플라스틱 간이의자에 앉아 라면이 불기를 기다리며 앉아 있었더니 먼 곳에서 낯설고도 우렁찬 저음의 소리가 들려왔다. 뚜아앙 뱃고동 소리다. 신기하게도 그 소리는 여태 있었을 것인데 방안에서는 잘 들려오지 않았다. 알지 못하는 것은 느낄 수 없는 것일까.

그 무거운 뱃고동 소리가 들려오자 갑자기 바다가 훅, 그의 머릿속에서 펼쳐진 듯했다.

사실 그가 처음 이 도시로 왔을 때는 바다는 얼어붙은 듯 딱딱한 푸른 고체처럼 보였고, 늦은 2월부터 드라이아이스처럼 푸른 고체의 바다에서 안개가 피어올랐다. 3월이 지나고 4월로 접어들어서도 미친 듯이 바람이 불어왔다. 바다에서 올라오는 안개와 아지랑이와 바람과 햇빛이 모두 강렬하게 뒤섞인 극렬한 계절이었다.

생각해 보니 그녀는 최근 좀 우울해졌다. 그들은 더 이상 함께 외출하지 않았다. 무언가에 쫓기는 듯 그녀는 다른 데 관심이 쏠린 것 같았다.

언젠가 마지막 한 달 전쯤 그녀는 3층 옥상에서 빈 빨래 바구니를 오른쪽 팔과 옆구리에 끼고서 저 멀리 바다 쪽을 보고 있었다.

한참 동안 신애가 옥상에서 내려오지 않아서 그가 그녀를 찾아 옥상으로 올라갔을 때였다.

"왜 이러고 있어?"

"빨래를 널어볼까 했는데, 안개가 짙어서. 아무 소용이 없을 것 같아서."

그녀는 그를 돌아보지도 않고 눈을 바다에 둔 채 중얼거렸다. 그도 아무 말 없이 그녀가 바라보고 있는 바다 쪽을 쳐다보았다. 신애가 바라보고 있는 그날의 봄 바다는 안개가 자욱했다. 하늘이 바다와 뒤섞여 한 배경인 어두운 회색으로 가득 차 있었다. 바다에는 언제나 광활한 하늘이 있었다. 하늘이 무너져 내린 것인지 바다가 솟은 것인지 하늘과 바다가 한 색으로 칠해져 있었다.

"그러네. 안개의 입자가 느껴지네. 빨래도 도로 젖겠다."

신애 옆에 서서 같은 바다를 바라보며 구상규가 말했다.

"가져가서 실내 보일러실에 널자. 이제 그만 가자."

신애가 너무도 안개 속에 숨어서 침울해 보여 그녀에게서 빨래 바구니를 옮겨 들고 그녀의 어깨를 잡았다.

"여기가 하늘의 바닥인 거지?"

바다와 하늘이 딱 맞붙은 안개의 바다에서 눈을 떼지 않은 채 신애는 가만히 서 있더니 문득 혼자 말했다.

"우린 하늘의 바닥에 서 있는 걸까? 바다의 바닥에 서 있는 걸까?"

그는 그때, 참 이쁜 말도 할 줄 아는구나, 그렇게 생각했다.

"둘 다 바닥이네?"

"그러네."

구상규는 농담 삼아 말했는데 신애는 여전히 딴생각에 잠겨 건성으로 대답했다. 그녀의 생각은 이곳 아닌 저곳, 그것도 저 멀고도 깊은 곳에 가닿은 듯했는데 무엇을 향한 것인지는 알 수가 없었다.

뚜아앙

다시 한번 더 또렷하고 목쉰 듯한 뱃고동 소리가 울렸다.

배들끼리 주고받는 경고의 기계음일 뿐인데도 기억을 되새김질이라도 하는 덩치 큰 짐승의 목소리 같았다. 얼마나 깊은 곳이어야 이런 목소리를 낼 수 있는지 한번 맞혀봐, 하는 듯한 소리다. 내 마음에 한번 돌을 던져봐. 내 마음이 얼마나 깊은지, 바닥에 돌 떨어지는 소리를 들으려면 한참이나 기다려야 될걸, 했다지. 그 말을 들었을 때 무슨 깊고 깊은 우물도 아니고, 잘나가는 아버지를 둔 괴테의 아들이었던가? 구상규는 아마 평생을 자신을 망가뜨리는데 그 아들은 골몰했을 거라고 생각했다.

구상규는 라면을 휘저어 면을 빨아당겼다. 바다를 보며 바깥에서 먹으니, 생각보다 괜찮았다.

그때 길 바깥을 살피던 슈퍼주인 설정식이 소리도 없이 밖으로 나왔다. 슈퍼 남자도 어두운 그의 가게에서 혼자 있기가 심심했던 모양이었다.

슈퍼집 남자는 그를 지나쳐 바다 쪽을 바라보며 기지개를 한번 쭉 켠다. 그러고는 뭔가를 깜빡 잊기라도 했다는 듯 구상규를 돌아보았다. 구상규와 눈이 마주치자 천천히 그가 앉은 의자 앞으로 다가왔다.

"아침엔 안개가 끼더니 따뜻하네요. 곧 벚꽃 망울이 보이겠네요."

슈퍼주인이 대수롭지 않은 듯 인사 삼아 혼잣말을 해왔다.

"오늘 아침에도 안개였던가요?"

"그럼요. 아침에 안개 낀 날은 이렇게 맑더라고요."

슈퍼집 남자도 구상규를 따라 바다를 힐끗 한번 쳐다보더니 밝은 목소리로 대답해 왔다.

"계속 이런 모양이죠?"

"이맘때쯤이면 늘 그렇죠."

슈퍼주인은 그렇게 대답하더니 때늦게 라면을 먹고 앉아 있는 구상규를 유심히 보더니 말했다.

"요 앞 원룸에 사시죠?"

"네."

구상규가 라면 국물을 들이켤 때쯤 슈퍼주인의 눈빛이 반짝거리고 있었다. 손님이 없어서 심심했던지 아무래도 오늘은 그를 쉽게 놓아줄 것 같지 않았다.

"그렇죠? 요즘 이 동네에서 조금 낯설다 싶은 사람은 전부 저 건물 사람들이라니까요. 이름이 젤리피쉬 드림하우스라나 뭐라나."

퀴즈를 맞혀서 좋아하는 초등학생처럼 슈퍼 남자가 웃는 표정을 지었다.

"젤리피쉬? 센스있는 이름이네요."

"센스는 무슨? 해파리냉채도 아니고……."

쩝, 하는 소리를 달더니 구상규의 표정을 한번 보고는 자신이 생각해도 너무 했는지 푸시시 웃었다. 라면을 다 먹고 파란 플라스틱 의자 등받이에 느긋하게 등을 기댄 채 구상규 또한 픽, 같이 웃었는데, 그 웃음이 묘하게도 저 바닥 어딘가에 깔려 있던 친밀감을 끌어올린 듯했다.

"제가 길도 꽝, 사람 얼굴도 꽝, 눈치도 꽝이라 거의 눈먼 수준입니다만,"

거기까지 말하고 슈퍼주인은 구상규에게로 머리를 약간 기울이더니 은근한 목소리가 된다.

"저 집을 신축한 뒤로 젊고 예쁜 아가씨들이 이사를 와서 물 좋다고 소문이 났거든요. 그래서 관심이 많습니다. 허허."

"아, 그런가요? 전혀 몰랐는데요."

"뭐 사실 여기가 학교 근처도 아니고 돈도 비싼 신축 원룸이니까 그런 소문이 났겠지만, 술집 아가씨들일 거라고 흉보는 사람들도 있고요."

슈퍼집 남자가 그럴듯한 설명을 덧붙이면서도 어딘지 부러운 듯이 말했다.

구상규는 잠시 젤리피쉬 드림하우스 쪽을 바라보았다. 그는 여태까지 그 건물의 정확한 이름을 모르고 있었고 이 남자에게서 처음 들었다. 게다가 그 건물이 그런 쪽으로 사람들의 관심을 끌고 있다는 사실도 몰랐다.

그곳 젤리피쉬 드림하우스는 그냥 무덤처럼 조용한 곳일 뿐이라고 생각했다. 대낮에는 사람 그림자 하나 찾을 수 없었고 늘 현관문은 꼭꼭 닫혀 있었으니 아마도 술집 여자들은 아니더라도 아이가 없는 신혼부부거나 젊은 직장인들 위주일 것은 분명했다.

"저곳은, 무덤같이 조용하고 고요한 곳인데요."

"무덤요? 어허허. 큰일 날 소리. 낙원이라고 해야죠."

숨넘어가는 킥킥거리는 이상한 소리를 내더니 슈퍼집 남자는 구상규를 힐끗 쳐다보았다. 그러고는 한층 더 느긋한 소리로 말했다.

"사실 오래되고 낡은 동네라 그동안 좀 우중충했거든요. 이야깃거리도 없고요."

그때쯤 구상규는 비닐봉지를 열어 이제 맥주캔을 꺼냈

다. 슈퍼주인에게 남은 한 캔을 권했다. 그러나 슈퍼주인은 머리를 저었다.

손끝에 닿는 맥주는 아직 차가웠다. 라면으로 뜨거워졌던 속이 금방 식을 것 같았다.

캔 뚜껑을 따고 한 모금 마시자 차가운 기운이 온몸을 타고 내려가 소름이 돋았다

“여기 방값은 센 편인가요?”

“그럼요. 신축한 거잖아요. 처음엔 다 쓰러져 가는 한옥이었거든요. 여긴 한때 거의 다 고깃집이었어요. 주인이 갈빗집으로 돈을 조금 모았죠. 교통도 요지이고, 사무실도 많은 편이죠. 시청도 가깝고, 한때 법원도 있었죠. 그래서 아직 법무사며 회계사무실들도 좀 남아있고요.”

슈퍼집 남자는 말할수록 수다스러워졌다.

“여기, 오래 사셨나 보죠?”

“네, 여기 출신이거든요. 잠시 위쪽 타지에서 살다가 이곳으로 오게 되었죠.”

구상규는 머리를 끄덕였다. 그러자 슈퍼집 남자는 계속 말했다.

“아무래도 떠나있다가 다시 오니까 새롭게 보이는 게 많더라고요. 제가 이래 보여도 이 동네가 멸치 잡고 할 때부터 있던 토박이입니다. 부모님도 다 이곳에서 일하시고, 바

다가 싫어서 도망갔는데 이제는 바다에서 할 수 있는 일들은 찾아서 하지요."

"오~ 그렇군요."

"여기 와서 달라진 게 있다면 고향을 보는 새로운 눈과 뚱뚱해진 몸이지요. 가게에 갇혀 지내다 보니 몸만 자꾸만 불어납니다."

남자는 임산부처럼 부풀어 오른 자신의 배 위로 손을 가져갔다. 사십 가까이 되었을까. 자기 말대로 세상의 물이 올라서인지 얼굴이며 허리며 그의 몸은 지금 막 풍선처럼 부풀어 오르는 중이었다. 그러면서 자신의 가게에서 죄다 나온 구상규의 조촐한 술판을 넘겨다보았다.

구상규는 연이어 맥주를 들이켰는데 뒷골이 서늘해졌다.

지난 겨울밤, 가끔 신애와 침대에서 인디밴드들의 음악을 들으며 캔맥주를 나눠마시곤 했다.

"아직 바깥에서 마시는 맥주는 좀 빠른 감이 있군요."

"물속에 들어갔다가 나와서 한 잔 땡기면 천국의 맛인데 말이죠."

한잔하는 대목에서 오른손으로 술을 들이켜는 시늉을 해 보이더니 커다란 파리처럼 두 손바닥을 싹싹 비볐다. 그 모습이 뿌리칠 수 없는 한 잔에의 유혹을 받는 술꾼의 모습처럼 거절은 했지만, 술상에는 약간의 미련이 남는 표정이다.

"다이버신가요? 음주 수영은 딱지를 떼지 않나요?"

"음주 수영은 심장마비 걸려 죽을 일이지요. 젊어서 관련 자격증은 몇 개 모았지만 아주 가끔 스쿠버 다이빙도 하고 부모님을 도와 낚싯배를 몰고 다니는 일도 가끔 합니다."

거기까지 말하고는 바다 쪽을 힐끗 바라보았다.

"요즘은 어촌계에서 바다 청소를 하지요. 곧 해파리들이 몰려들 테니까요."

"해파리요?"

"수온이 따뜻해지면 여기 바다에는 보름달물해파리 노무라입깃해파리 떼가 몰려든답니다. 여름이 오기 전에 폴립 상태로 여기저기 붙어있을 때 수압으로 떼어내는 작업을 하거든요. 가끔 다이버들이 동원되곤 하지요. 바위나 배 밑이나 부표에 있는 폴립 하나가 5,000개로 자가 분열해서 나중에 메두사가 되지 않도록 하는 거지요."

"메두사? 그 신화에 나오는?"

"네, 다 큰 해파리 단계를 메두사라고 하더군요. 단계마다 이름이 있더라고요. 플라눌라니 스트로빌라, 에피라, 메테피라라고 불린다는 건 그만큼 단계마다 모습을 자꾸만 바꾼다는 이야기니까요. 스트로빌라라는 단계는 붉은 꽃 겹잎처럼 제법 예쁘게 떠돌아다니는 단계를 거친다고 하지만 그래봤자 공기 속의 먼지처럼 조그맣고 하찮죠."

"변신을 계속한다는 것이 흥미롭군요."

"그렇죠. 뭐 이름이야 좋죠. 바다의 표류자라나, 방랑자라나."

"바다의 방랑자인지 표류자인지 하는 해파리가 싫은 거군요."

구상규가 장난기로 눈을 찡긋거리며 물었고, 슈퍼주인 설정식은 싱긋 웃으며 임산부처럼 자신의 배를 다시 한번 둥글게 쓰다듬었다.

"뭐, 만나면 쏘일까 무서워서 피해야죠. 아주 성가신 녀석들입니다. 변신도 잘하고……떠도는 먼지처럼 작은 것들이 너울너울 크게 자라나서 여기저기서 걸리적거리면 답이 없죠. 스크루 고장 나고 그물 망가뜨리고."

슈퍼주인은 거기까지 말하고는 자기 얼굴을 쓸었다.

"다 커서도 흐물흐물 모양이 뚜렷하지 않으니까."

구상규는 한 손으로 맥주캔을 흔들어 보았다. 아주 얕은 찰랑거림으로 보아 거의 다 마신 듯했다.

그때 다시 뚜아앙, 바다에서 소리가 들려왔다.

"오늘은 뱃고동 소리가 잘 들려오네요."

구상규는 바다 쪽으로 귀를 기울이며 말했다.

"바람결 방향에 따라 소리도 잘 들려올 때가 있죠. 오늘은 바다에 배가 많은가 봅니다. 안개가 많이 끼면 2, 3분에

한 번씩 자주 울려야 한다는 규정이 있죠."

"신화 속에서 메두사의 입김으로 안개를 만들지 않았던가요?"

"그랬던가요?"

"어찌나 안개가 자주 꼈던지 평생 본 것보다 더 많이 봤습니다. 딱 죽기 좋은 날들처럼 안개가 낀 날은 실종자가 많이 나오지는 않나요?"

"실종보다는 사고겠지요."

구상규는 힐끗 슈퍼주인 설정식을 쳐다보았다. 갑자기 그를 놀려주고 싶다는 생각이 들었다.

"제가 아는 어떤 사람 중에 실종되고 싶어서 환장한 사람이 있었죠. 멀쩡한 집 마당에다 하루하루 자신의 무덤을 파며 산다더군요. 그러고는 가끔 무덤이 얼마나 잘 파여졌나 몇 시간씩 드러누워 확인해 본다고 하더군요."

슈퍼집 남자의 눈이 가늘어진다.

"그건 혹시 문학 쪽에서 쓴다는 은유나 뭐 비유 같은 겁니까?"

구상규는 슈퍼집 남자의 사자 얼굴을 올려다보았다. 그는 생긴 것 같지 않게 섬세한 더듬이가 있는 듯했다. 어쩌면 예민한 사람일지도 모르겠다는 생각을 처음으로 했다.

"아뇨. 진짜로. 그 집의 뒷마당에 좀 오래된 목련 나무 아래에 무덤같이 파여진 구덩이가 있습니다. 처음에는 은행도 믿을 게 못 된다며 항아리에다 돈을 파묻어 놓겠다고 파기 시작했다지요. 좀 의심이 많은 성격이었거든요."

"혹시 본인이 그렇다는 말은 아니겠지요?"

"오오, 물론 아니지요."

"자기 무덤 자리 찾는 건 비교적 흔한 일 아닌가요? 그래서 얼마나 팠대요?"

"그 무덤 파는 일을 실종 연습이라고 한다더군요. 그러면서 일 년째 파고 있대요."

"특이한 사람이네. 내 죽음을 세상에 알리지 마라, 뭐 그런 말일까요?"

"그런데 웃기는 건 자신이 판 무덤에 가끔 들어가서 누워있으면 살면서 한 번도 느껴보지 않았던 편안함이 느껴져서 죽고 싶지가 않다더군요."

"그곳이 명당자린가? 그런데 그 사람 돈은 많았나요?"

"뭐 그렇게 많지는 않고 7억 정도 묻혀 있었다더군요."

"오~ 그런데 지금도 그러고 있나요?"

"네. 그렇죠."

"돈이라도 쓰고 다니지 왜 그렇게 살고 있죠?"

슈퍼주인 설정식이 안타까운 듯 다시 쯧, 하고 혀를 찼다.

"그러니까요. 그 점이 신기해요. 도대체 왜 그러는지

이해할 수가 없으니까요."

구상규는 그쯤에서 그만 일어서고 싶어졌다. 남자를 놀려주고 싶은 생각에 시작했는데 문득 지겨워졌다.

젤리피쉬 드림하우스로 들어가는 골목을 바라보며 신애에게 다시 전화라도 해봐야겠다는 생각이 들었다.

"그런데 저기 바다 한가운데 있는 섬에는 무엇이 있지요?"

구상규는 턱 끝으로 가리키며 물었다.

'저 섬에 한번 놀러 가야 하는데.'

아마도 신애는 말이 끊기거나 무언가 생각이 막힐 때면 습관처럼 그 말을 했는데, 널 위해서 시간을 내줘야 하는데, 같은 느낌으로 말하곤 했다.

조금의 틈이 나면, 시간이 조금이라도 무료해지면 입버릇처럼 그렇게 말하곤 했기 때문에 그는 그날 저녁에도 흘려듣고 있었다. 신애는 식욕은 없다는 듯 밥알을 깨작이면서 휘젓고 있더니, 그만 식탁을 정리하려는 듯 자리에서 일어났다.

신애가 가자고 한 번 더 말했더라면 구상규는 내키지는 않았지만, 그녀를 막 따라나섰을 것이다.

그런데 갑자기 그녀의 핸드폰이 울렸고 그녀는 화장실로 가더니 한참을 통화했다. 그러고는 낮에 입었던 외투를 다시 껴입고, 신발을 꿰며 아주 잠시라는 듯, 일상적인 어조로 말했다.

"잠깐만 가보고 올게."

하고는 집을 나갔다. 느낌으로는 아주 가까운 거리인 것 같았다. 그는 바로 앞 슈퍼, 바로 앞 동네 작은 까페, 어느 사무실 혹은 시장통 그런 식으로 생각했다. 그러나 그것으로 끝이었다. 바로 앞이 아니었던 것이다. 그녀는 도대체 어디까지 간 것일까?

"아, 저 섬?"

남자는 바다 쪽을 쓱, 일별하더니 말했다.

"자무도이지요. 옛날에 저기 북쪽 산기슭에서 살던 아리따운 처자가 도적들에게 쫓겨 저 바다 섬까지 쫓겨갔는데, 보라색의 안개가 자욱한 섬이 처자를 숨겨주었다고도 하고 처자가 죽어서 저 섬에 가득 피어있는 자운영이 되었다는 전설이 있는 곳이지요."

거기까지 말하고는 한 손으로 턱을 긁더니 사자 머리카락을 쓸어올렸다.

"그런데 지금은 동물원이 있답니다. 아직, 안 가보셨나 봅니다? 놀이공원 겸 동물원인데 곧 뭐 다른 걸로 바꿀 거랍디다. 이 도시에 가볼 사람들은 이미 다 가봤고 사람들은 늘 새로운 걸 원하니까요. 동물들도 늙었고 시설도 낡았고……어쩌면 해적선 하나 갖다 놓고 바이킹 체험이나 유령 체험도 만드는 게 나을지도 모르겠습니다. 박쥐 인간이 출몰하는 그 고담시 같은 것도 괜찮고. 안 그러면 감옥 같은 걸로 만들어 탈출하기를 하든지."

예상 밖으로 열의에 차서 한참을 말하는 바람에 구상규가 빙그레 웃었다.

"아, 그렇군요."

"어허, 그게 그냥 단순한 헛소리가 아니라니까요. 몇 년 전에는 사람 뼈를 저 바다에 버리려다 잡힌 정육점 주인도 저 섬으로 가는 배를 타고 있었다고요."

"정육점 주인요?"

"네. 사람을 죽여서 뼈를 발라내고 바다에다 버리려 했죠."

"으스스하군요."

구상규가 과장되게 부르르 몸을 떨자 슈퍼주인은 만족한 듯 씩, 웃는다.

"그런데 왜죠?"

"마누라가 바람이 났다지 뭡니까? 바다에 버리려던 뼈가 마누라랑 정분난 남자의 것이었다더군요."

"아, 그렇군요."

구상규는 무심결에 그렇게 말하고는 슈퍼집 남자에게 다시 물었다.

"그런데, 왜 뼈지요? 시체가 아니고? 바다에 빠트리기엔 시체가 더 간단했을 텐데?"

"그게 좀 그렇지요? 아마 그래서 모두 더 놀랐을 거예요. 시체를 바닷속에다가 돌에 매달아 버리는 게 훨씬 익숙한 형식이니까요. 그런데 그 남자는 살을 다 발라내어 냉장고 속에 넣어두고 해골과 뼈를 저기에다 버리려 했답니다. 저 섬으로 가는 유람선이 있잖습니까. 그걸 탔다는군요. 뭔가를 바다에 조금씩 버리는 것을 보고 의심스러워서 잡았더니 마지막으로 버리려던 비닐봉지 속에서 사람 해골이 나왔다는 것 아닙니까."

"잔인하군요."

"하지만 평소에는 너무나 착한 사람이었다는군요. 뭐, 사건은 엽기적이었지만 그렇게 되기 전까진 조용하고 성실한 사람이었답니다. 뭐 정육점 주인이었으니 아주 익숙한 방식대로 처리한 게 아니었을까요? 안 그래도 그 일대 동네 사람들 한동안 꺼림칙했다지요."

"그 남자는 어떻게 되었어요?"

"아마 삼십 년 넘게 오래 살지 싶습니다만. 법정에선 그 연적을 불러내어 정육점에서 같이 술을 마시자고 한 것 자체가 처음부터 살인 의도가 있었다고 판단했다는군요."

그들의 대화는 거기서 멈추었다.

젤리피쉬 드림하우스 쪽 골목에서 이쪽 슈퍼마켓 쪽으로 종종걸음으로 걸어오는 젊은 여자의 모습이 보였다. 얇은 초록 꽃무늬 원피스 위에 검은색 가디건을 두 팔로 여며 잡고 있었다.

"날씨가 이 모양이니 사람들이 모두 미쳐 날뛰는 것 아니겠습니까?"

슈퍼주인 남자는 이쪽으로 오는 여자를 지켜보며 혼자 중얼거리듯 그렇게 말했다. 그러더니 뭔가 생각난 듯 조금은 또렷한 목소리로 빠르게 말했다.

"며칠 전 요 앞 살인사건 난 것 아세요?"

상규는 금시초문이었다.

"아뇨."

"온 동네가 그 이야기로 시끌시끌하답니다. 새벽 다섯 시 쯤이라고 하는데, 저 파라다이스 호텔 앞에서 글쎄 이쪽 골목 은행나무 앞까지 갈라진 배를 움켜쥐고 기어 왔다는군요. 200미터는 족히 될 텐데, 그때까지 아무도 몰랐다니. 잔인한 도시죠."

"어떤 사람인데요?"

"건달들끼리 이권 다툼이 있었던 모양입니다. 스물아홉

이라고 하더군요. 신문에 난 사진을 보니 얼굴도 잘생겼던 데."

"그런 일이 자주 일어나나요?"

"뭐, 간혹 일어나죠. 다른 곳은 어떤지 몰라도 이곳 사람들 좀 극단적인 구석이 있죠. 다 날씨 때문이라니까요."

하면서 바다 쪽으로 눈길을 한번 주고는 간다 온다 말도 없이 자신의 가게 쪽으로 들어갔다.

먼바다 옆 젤리피쉬 드림하우스 골목에서 나온 여자는 어느새 슈퍼마켓 앞으로 왔다.

구상규가 자신이 먹은 컵라면 그릇을 들고 일어났을 때 설정식은 벌써 슈퍼 안으로 들어가고 없었다.

3.

젤리피쉬 드림하우스는 삼층집이었고, 겹겹으로 방이 있었다. 그가 한 번도 가보지 않은 방들이 곳곳에 있었고 얼굴도 모르는 많은 사람들이 그곳에 살았다. 그는 그 집들 속에 누가 살고 있는지 몰랐고, 관심도 없었다. 신애와 지내던 지난 삼 개월 동안은.

어느 비 오는 오후 그는 누워서 이 집에 15가구가 세 들어 산다는 것을 계산했다. 확인은 하지 않았고 어림짐작일 뿐이었다. 모두 원룸 형태의 방들이다. 이 건물의 주인은 이 동네 산기슭 밑의 다른 단독주택에서 산다고 했다. 그들 중 그가 아는 얼굴은 거의 없었고 말을 나눠본 사람은 더더욱 없었다. 그는 사람들에게 발견되는 게 싫었다.

여긴 정말 보아뱀 배 속만큼 조용하다. 그는 이즈음 보아뱀 속의 코끼리가 죽었는지 살았는지가 궁금했다. 삼켜진 코끼리는 언제쯤 질식해서 죽었을까. 이곳에서 유령과도 같이 존재감이 없는 시간을 보내면서 시간과 소리와 형체가 고이는 어떤 장소를 상상하기도 했다. 사물이 내는 소리, 세상의 소리, 그리고 그들이 풍기는 냄새가 늪처럼 삼켜지는 곳. 소리와 냄새의 무덤. .

신애와 연락되지 않는 조용한 며칠이 지나갔다.

그는 막연하게 기다리고 있었다. 신애는 돌아올 것으로 생각했다. 어떤 확신 같은 것이 있어서라기 보다는 일주일은 그랬다. 무엇인가를 결정하거나 확정하기에는 짧은 시간이라는 시간이 들었다. 그는 일주일 아니라 1년 혹은 몇 년이라도 기다릴 수 있었다. 물론 몇 년을 기다리려면 무엇인가가 필요할 것이다.

모든 일들이 의문투성이고, 이상하기는 했지만, 그런대로 견딜만해졌다. 모든 것이 미심쩍었지만 그것을 확인하기 보다는 미심쩍어하는 자신을 달래고 지낼 수만 있다면 그러고 싶었다. 그래, 신애가 올 때까지만, 신애가 오면 모든 것들이 제자리를 찾을 것이다.

그는 싱크대에 딸린 접이식 간이 식탁에 앉아 핸드폰을 검색하며 컵라면을 먹고 있었다.

아침 11시경이었다. 식욕은 어떤 상태에서는 종잡을 수 없었다. 어떨 때는 참을 수 없을 정도로 밀려들다가 어떤 날은 하루 종일 느껴지지 않을 때도 있었다.

언제나 그랬듯 라면을 먹으면서 핸드폰에 눈을 박고 있었다.

갑자기 현관문 앞에서 인기척이 났다. 가끔 들리는 주인아주머니 소리인 것 같아 그는 무시하고 가만히 앉아 있었다. 평소의 건물주인은 무언가를 줍거나 정리 정돈하고는 곧바로 스치듯 다른 곳으로 이동했다. 물론 그와 직접 대면한 적은 아직은 없었고 주인아주머니도 그의 존재를 알고 있는지도 그로서는 알 수 없었다. 어쨌든 여태까지는 그 모든 것을 소리만으로 추측해 왔을 뿐이었다. 그러나 오늘은 웬일인지 현관문 앞을 그냥 지나치지 않고 더 가까이 다가오는 소리가 들려왔다. 이쪽 201호 끝까지 걸어올 작정인 듯했기에 그는 일순 긴장했다.

똑똑.

조심스런 노크 소리가 들려왔다. 초인종이 있는데도 초인종을 누르지 않고 누군가가 있나 없나 확인하기 위한 것인 듯 노크를 했다. 그건 그가 이곳에 온 이후로 처음 있는 일이었다.

그는 가만히 현관문 쪽으로 걸어가 문을 열었다.

지나쳐가는 발걸음 소리로만 알고 있던 주인의 얼굴을 확인했다. 깡마른 체구에 염색이 잘된 짧은파마머리를 하고 있었는데 나이가 꽤 있어보였다. 입술에는 옅은 분홍색 루즈를 바르고 있었다.

주인은 사람이 없다고 생각했는지 발걸음을 돌려 되돌아가려고 하던 중이었다.

"어, 사람이 있었네?"

"네, 잠시. 어쩐 일이시죠?"

구상규는 자신의 존재가 그곳에서는 전혀 알려져 있지 않아 오해하지나 않을까 걱정하며 그렇게 물었다.

"이 시간에는 아무도 없다고 해서, 난 그러려니 했지."

"그렇습니까?"

"아침에 전화가 왔길래. 방 내어놓았던 것 다시 빨리 나가도록 애써달라고. 일 때문에 다른 곳으로 가게 됐다면서?"

"누가요?"

"누구긴? 방 계약한 사람이지. 빨리 방이 나가도록 애써 달라고 하던데? 모르고 있었어요?"

"그렇군요."

구상규는 그렇게 말하면서도 몹시 혼란스러웠다.

"저도 그 말을 듣지를 못해서....... 그런데 이 방은 누구의 이름으로 계약이 되어 있는 거죠? 방을 내어놓았던가요?"

"작년 겨울에 내어놓았죠. 전화번호는 여기 있는데, 이름은 기억나지 않는데, 계약서를 봐야 알지."

거기까지 말하고는 여자는 문득 정색하고는 되물었다.

"방주인을 몰라요?"

"그냥 누구의 이름으로 계약서를 작성했는지 궁금해서요."

구상규는 막연하게 둘러대었다.

"하긴 두 사람이 있을 거라고 말은 하더군요."

거기까지 말하면서도 주인은 의심이 가시지 않은 듯 물어왔다.

"그런데, 남편 되는 사람이신가?"

구상규는 선뜻 자신을 뭐라고 해야 할지 알 수 없었다.

"두 사람 다 결혼했다는 것 같던데........ 한 사람은 아직 어린아이가 있고. 집이 멀리 있다면서요?"

"네."

구상규는 얼버무리듯 막연하게 대답했다.

주인의 표정에서는 미심쩍음이 가시지 않았다.

"남편 이야기는 한 번도 하지 않았거든. 여자들끼리만 있는다고 했지."

"여자들끼리요?"

"그래요. 어쨌든 방을 내어달라고 했으니까 다시 내어놓는 걸로 알고 가겠수."

주인 여자는 그렇게 말하면서 돌아서려 했다.

"저, 전화 온 그 전화번호 좀 알려줄 수 있을까요? 제가 전화하고 확인 좀 해보겠습니다."

되돌아선 여자는 잠시 망설이더니 자신의 핸드폰을 꺼내어 통화기록을 찾아서 자신의 핸드폰을 구상규에게 보였다. 아침 9시쯤 온 전화번호였다. 통화목록에는 세입자라고 적혀 있었다. 구상규는 자신의 핸드폰에 전화번호를 기록했다.

"그래, 전화 한번 해보고 확인해 봐요."

주인이 가버리고 난 뒤 상규는 다시 식탁으로 돌아가 앉았다. 그리고 먹다 남은 컵라면을 내려다보았다. 불은 라면 가락이 벌건 국물에 떠 있는 것이 보였다. 갑자기 식욕이 사라졌다. 다 식고 퉁퉁 불은 라면가락 때문에 식욕을 잃었다. 라면 컵을 들고 그대로 개수대에 부었다. 그리고 수돗물을 틀어 라면 국물과 건더기를 씻어 내렸다. 방 안에는 라면 국물에서 올라오는 지독한 기름 양념 냄새로 가득 찼다.

이 방의 주인은 누구일까?

구상규는 자신의 핸드폰에 방금 옮긴 낯선 전화번호의 초록색 통화버튼을 들여다보았다.

어쩌면 그동안 신애가 언니라고 말하던 그 여자일지도 모르겠다고 생각했다.

밥을 먹다가도, 외출을 준비하면서, 신애는 가끔 언니

가 불러서 가보아야 한다고 몇 번인가 말한 적이 있었다.

이름도 모르고 얼굴도 모르는 여자에게 전화할 것인지, 잠시 망설였지만, 구상규는 초록색 통화버튼을 눌렀다.

4.

자신의 이름이 진선아라고 소개한 여자의 차는 빨간 경차였다.

오후 두 시쯤의 도로는 한산한 편이었고, 진선아는 무척 바빠 보였다. 끊임없이 핸드폰으로 사무실과 연락을 해서 일을 조율했고, 출발 후에도 가는 도중에 그를 차 안에 혼자 내버려 두고 은행에 들르기도 했다. 그때쯤 구상규는 그녀에게 자신이 커다란 강아지거나 짐이 된 듯한 미안한 마음까지 들었다. 그러나 신애에 관한 한 자신이 매달릴 곳은 이 여자뿐이었다. 그런 그녀가 마침 신애가 있는 곳으로 데려다주겠다고 선뜻 나선 것이다.

월산 인터체인지를 벗어나 고속도로에 접어들 때쯤에야 여자는 한 시간 반쯤 걸려 학산시로 갈 것이라고 했다.

그는 처음에는 생각보다 일이 엉뚱하게 전개되어 놀랐

지만, 신애가 학산시에 있다는 사실을 알게 되어 다행이라 생각했다.

"생각보다 오래 걸렸네요."

고속도로로 접어들고서도 한참 동안 둘이 어정쩡하고 서먹하게 앞만 뚫어져라 바라보고 있을 즈음이었다. 여자는 그렇게 말하며 조금은 무관심하고 또 조금은 피곤한 듯한 얼굴을 그에게로 돌렸다. 자, 이제 본격적으로 시작해 볼까요, 하는 듯한 태도였다.

"뭐가요?"

"이렇게 상규씨를 만나게 된 일이요."

"제 이름을 알고 있었나요? 저에 대해 신애가 말하던가요?"

알 수 없는 서늘함이 가슴을 치고 지나갔다. 신애가 자신의 존재를 누군가와 공유하고 있었다는 사실이 반갑지만은 않았다.

"그렇죠. 저와 신애씨는 얼마간 서로 연결되어 있으니까요."

여자는 느른한 늪지의 악어처럼 자신을 목표물로 그동안 멀리서 지켜보고 있었던 모양이다.

"신애는 무슨 일로 학산시로 갔습니까?"

마음속이야 어떻든 그는 정중하게 물었다.

"남편이 사고를 당했다나 봐요."

"남편이라고요?"

왜 그 생각을 못 했을까. 그는 그동안 신애에게 남편이 있을 거라고는 생각해본 적이 없었다. 워낙에 그녀의 일상에서 남편이 있다는 흔적은 찾기가 힘들었다. 하지만 그들의 나이로 미루어 한때 있었을 수도 있다는 생각은 들었다.

두 손을 핸들에 올리고 조심스럽게 운전하던 진선아가 그를 힐끗 돌아보았다.

"어머, 모르셨나 보네요?"

여자의 목소리는 호들갑스럽게 높았고 그래서 어쩐지 비웃는 것 같기도 한 웃음기를 입술 끝에 달고 있었다. 구상규는 문득 자신이 신애에 대해 진짜로 아무것도 모르고 있을 수 있겠다는 생각을 했다.

"정말로 결혼을 했나요?"

"그럼요. 아이도 있는걸요."

"아이요?"

"네. 이제 열 살쯤 되려나. 딸아이지요."

"그렇군요."

그의 머릿속은 멍하니, 마비된 상태였다. 아무것도 잡히지 않았다.

둘은 한동안 침묵 속에서 달렸다.

"신애가 결혼한 지는 오래되었습니까?"

"그럼요."

여자는 당연하다는 듯 앞만 바라보며 짧게 말했다.

"스물셋인가 그랬죠, 아마."

"스물셋?"

"빠르죠?"

"그렇군요."

"그렇게 이른 나이에 시작하는 결혼 생활이 어떨지 상상이 안 되죠."

여자는 그를 잠시 곁눈으로 쳐다보더니 확신하는 듯 그에게 물어왔다.

"그러는 구상규씨는 결혼은 하셨던가요?"

"아, 아니요."

구상규는 얼버무리는 듯 확실하지 않은 말투로 대답했다.

"그런 것 같았어요."

무엇이 그런 것 같은지, 여자는 그렇게 혼잣말로 중얼거리듯 말했고 그 말의 그림자라도 되는 듯한 희미한 웃음을 입술 끝에 머금고 있었다. 그러면서도 더 이상 자세한 것을 묻지는 않았다. 뭔지는 모르지만, 다른 것을 생각하는 것 같았다.

"신애와 알고 지낸 지는 오래되었나요?"

그는 애써 아무렇지도 않은 듯 느릿느릿하게 물었다.

"네, 꽤 오래되었지요. 처음에는, 신애씨의 남편과 제 남편이 아는 사이였죠."

여자는 이제 허리를 꼿꼿이 세우더니 카시트에 등을 기댄다.

"얼마나 되었는지 셈이 언뜻 떠오르질 않네요. 그러니까 신애씨가 결혼했을 때부터니까........"

"그럼, 신애에 대해 많은 것을 알고 계시겠군요?"

"글쎄요, 알게 된 시간에 비하면 그렇게 잘 안다고도 할 수 없을지도 몰라요. 처음에는 남편의 친구 아내였으니까 깊은 대화를 나누는 상대는 아니었어요. 게다가 중간에 연락이 끊어졌다가 우연히 다시 만나게 되었죠. 그게 그러니까 그리 오래되지 않았어요."

"그렇군요. 신애가 이곳에 와서 살면서 그 쪽에게 많이 의지했던 모양이군요."

여자가 갑자기 음악을 틀었다. 코드쿤스트의 오래된 노래 파라사이트가 흘러나왔다. 잔기침을 하고 소리를 빽빽 소리 지르는 노래였다. 잠시 분위기가 흐트러졌다. 그녀는 볼륨을 줄였다.

"그러니까, 신애씨는, 다시 집으로 돌아간 거죠."

그녀는 띄엄띄엄 똑똑 끊어지는 듯한 말투로 말했다.

마치 그 사실을 기억하게 하기 위해 일부러 강조해서 말해 주는 것 같았다.

집이라. 신애에게 집이 있었구나. 그도 한때 살았던 학산시에는 신애의 집이 있었다는 사실이 뭐랄까, 예상 밖이었다. 집이 생겼다면 다른 도시에 있을 줄 알았다.

“집이라면 어떤 집인가요?”

“시가가 있는 곳이지요.”

“아.”

그는 자신도 모르게 짧게 탄성을 올렸고 그런 그를 여자가 힐끗 쳐다보았다. 그의 탄성을 어떻게 해석했는지는 모르겠지만 여자의 눈빛이 조금 날카로워져 있다. 여자는 설명하는 투로 한층 차분해진 목소리로 덧붙였다.

“시가와는 사이가 좋지 않았어요. 일을 핑계로 밖으로 나와 있는 것만 봐도 알 수 있지 않을까요?”

“저에 관해서는 어떤 이야기를 했나요?”

“한때 한동네에 살던 사이라고 하더군요.”

여자는 거기까지 말하고는 잠시 멈추었다. 무언가 망설이는 듯하다가 덧붙였다.

“왜인지는 모르겠지만 잠시 깃들었다가 지나갈 거라고도 했었죠.”

별거 아니라 생각했는데 그 말에 뜨거운 모래바람 같은

것이 가슴을 스치며 지나가는 것 같았다. 신애는 자신에 대해, 자신이 미처 깨닫고 있지 못하던 것까지 알고 있었던 듯했다.

"지금 가면 만날 수는 있을까요?"

구상규는 어쩔 수 없이 자신 없는 말투로 물었다. 약속은 아니라도 정말로 그곳에 있긴 한 건지 궁금했다. 그러나 여자는 지극히 당연하다는 듯 스스럼없이 말했다.

"그러지 않을까요? 뭐 안될 이유가 뭐 있겠어요?"

그는 신애에게 집이라는 말이 어떤 의미인지 알기에 그 말 앞에서 자신이 없었다. 그가 기억하기로 신애에게는 일찍 부서져 없어진, 결핍된 어떤 것이었다. 결핍은 증오하면서도 벗어날 수 없는 어떤 것이었다.

"집은 아니어도 남편이 병원에 있으니까, 병원으로 가면 만날 수 있을 거예요."

"병원요?"

구상규는 표정이 어두워졌다. 원래의 의도와는 달리 점점 멀리 가는 듯했다. 신애만 생각하고 왔더니 그녀의 남편을 만나게 되는 것일까. 그것도 병원에서?

처음 진선아라는 이 여자에게 전화할 때까지만 해도 그는 신애가 어디서 무엇을 하는지 확인하고 전화 연락이 되는 것 정도였다. 아마도 진선아가 오늘 이렇게 차로 그를 직접 데리고 오지 않았다면 그는 아마도 조용히 혼자 지켜보고 확인하고 돌아섰을 것이다. 어쩌면 오늘의 이 일정이 계획되고 설계된 것은 아닐까, 잠시 의심을 했다.

신애가 그동안 남편에 대해 말하지 않았다는 것은 그녀에게 어떤 이유가 있을 것이란 생각이 들었다.

"꺼려진다면 그만하셔도 돼요. 되돌아가실래요?"

여자가 구상규의 표정이 굳어지는 것을 보고 친절한 어조로 그렇게 물어왔다.

그는 잠시 생각했다.

시기가 좋지 않은 것은 사실이었으나 신애를 만나고 싶었다. 이대로 포기하고 돌아서기는 싫었다.

"아뇨. 그대로 가죠."

상규는 그렇게 대답했고 진선아는 알겠다는 듯이 고개를 끄덕였다.

잠시 후 생각을 정리한 구상규는 진선아 쪽을 바라보며 물었다.

"남편은 뭘 하는 사람이죠?"

"여러 가지를 했지요. 지금은 무슨 인테리어를 하고 있다더군요. 아마도 지금도 하고 있을 거예요."

여자가 건성으로 대답하는 것 같더니 서두르지 않고 한 손으로 운전대를 약간 돌리며 라디오 채널을 돌렸다. 한낮의 라디오 채널들은 너무 시끄러웠다. 라디오에서는 교통정보를 알려주고 있었다. 다행히 그들 앞의 길은 정체가 심하지는 않았다.

"남편은 얼마나 다쳤답니까?"

"몇 달은 더 있어야 할 것 같아요. 실제 치료 기간은 더 길겠지만요."

"어쩌다 다친 거랍니까?"

"교통사고였지만 운이 좋았던 편이래요."

"그래서 월산시 방을 정리하는 건가요?"

"글쎄요. 그건 오늘 신애씨를 만나서 물어보는게 어떨까요?"

여자가 무심한 듯 앞을 바라보며 말했다.

그 대화의 뒤끝으로는 기나긴 침묵이 이어졌다. 그 사이로 흘러간 가요가 라디오에서 흘러왔다 사라져갔다. 왈츠풍의 리듬을 타고 조원선이 놓아줘라는 노래를 부르고 있었다. 한낮의 단조로운 차들과 길과 산들과 함께. 둘은 아무런 말도 없이 한참을 달렸다. 이윽고 학산시로 진입하는 인터체인지가 멀리서 보였다.

그는 학산시를 알리는 인터체인지의 커다란 안내표지판을 보고 새삼스러운 기분이 되었다. 알 수 없는 어떤 힘에 의해 끊임없이 이끌려 되돌아오는 기분이었다. 어떤 힘이 작용하고 있길래 계속 되돌아오게 되는 것일까. 신애는 어떤 기분으로 이곳으로 돌아왔는지 궁금했다.

여자는 운전에 열중했다. 상당히 조심스럽고 방어적이었다. 그동안에는 미처 몰랐는데, 그녀는 상당히 미인이었다. 나이는 알 수 없었지만, 신애보다는 10살 정도는 더 많을 듯했지만, 얼굴이나 몸은 흐트러지지 않고 우아한 느낌이었다.

그가 자신을 살피는 시선을 의식해서인지 여자가 말을 걸었다.

"신애씨 남편요, 마침, 이 근처에서 사고를 냈다는군요. 한번 가볼래요?"

지나가듯 여자가 그렇게 말했다. 그는 잠시 침묵했다가 내키지 않는 듯한 말투로 말했다.

"글쎄요. 굳이 그럴 필요가 있을까요?"

구상규는 완곡한 거절을 표시했다. 신애에게로 어서 가고 싶었다. 그런데 이 여자는 아무래도 숨은 의도가 있는 것 같았다.

"그래도 지나가는 김에 둘러보려고요. 사실, 저는 보상 쪽에 관한 것은 잘 모르는 데다 아직 합의가 되지 않은 상태라 무슨 일인지 알고 싶어서요. 뭐 봐도 모르겠지만. 가게에 뛰어들었다는데 아직 장사를 시작하지는 않았을 거예요."

아무것도 아니라는 듯 지나치듯 말하던 것과는 달리 여자는 조금은 간곡하고도 집요하게 권하는 느낌이었다. 그가 싫다 해도 그녀의 계획 안에는 오늘 그곳을 방문할 예정이었던 듯했다.

"신애씨에게 혹시라도 다음에 도움이 될까 해서 그러는 거예요."

구상규가 대답을 하지 않자, 여자가 계속 말을 이었다.

"여기서 가까워요. 우리가 가는 방향이고요. 오래 걸리지는 않을 거예요."

"그럼, 그렇게 하시죠."

마침내 구상규는 두 손 두 발 다 드는 기분이 되어 마지못해 동의했다. 가깝고도 도움 되는 일이라니 마음은 내키지 않았지만 내버려 두기로 했다.

여자는 키 큰 은행나무가 가로수로 줄지어 서 있는 시내 외곽을 조금 더 달려 오른쪽 방향신호를 넣었다.

그들의 차는 편도 이 차선 도로와 소방도로 사이 두 구역 정도를 두 바퀴째 돌고 있었다. 같은 곳을 빙빙 도는 인상이었다.

"분명히 이 근처였는데, 찾을 수가 없군요."

보도에는 어느새 오후 세 시쯤의 붉은 기운이 화사하게 감돌고 있었다. 진선아는 이 도시의 지리에 대해서 익숙지 않은 것 같았고 타지 사람인 듯했다.

갑갑한지 여자가 차창을 내렸다. 그리고 머리를 돌려 그에게 부탁했다.

"폰으로 검색 좀 해주시겠어요? 신선 바베큐 치킨이요."

그는 지도 앱을 불러와 핸드폰으로 검색했다.

자세히 보니 네 개의 도로가 아니라 곁가지로 여섯 개의 도로 사이에 있는 곳이었다. 이 도시는 산이 많았고 주택을 정비하지 못한 채 길이 생긴 대로 도로를 만들다 보니, 다섯 개 혹은 여섯 개의 길이 네 개의 교통신호를 받는 곳이 많았다.

여자가 차의 속력을 떨어뜨리며 보도 쪽으로 차를 바짝 붙였다.

조금 더 달리니, 언덕 아래쪽에 아주 오래된 시가 구역이 나타났다. 길 위의 지붕이 유난히 낮은, 한옥을 개조한 작은 가게들이 눈에 띄었다. 그중 얕은 구릉 아랫길에 외따로 떨어진 집에는 검은 먼지가 낀 셔트 문이 반쯤 내려진 가게가 있었다. 지붕조차 낮은데도 간판만은 거창하게도 커서, 마치 간판이 가게를 짓누르고 있는 것처럼 보였다.

여자가 가게 앞 길가에다 차를 세웠다. 그는 여자를 따라서 가게로 갔다. 혼자 서 있을 곳도 마땅히 없었다.

셔터는 반쯤 내려진 채였고, 내부가 보이지 않도록 빨

간색과 노란 시트지로 발라놓은 앞 유리가 깨져 있었다. 사고 당시의 충격으로 지붕이 부서져 약간 들춰져 있는 것이 눈에 들어왔다. 그런 집이라면 이런 사고가 아니더라도 언젠가는 그대로 폭삭 주저앉아도 이상해할 것이 없어 보였다. 매장 위주의 장사라기보다는 배달 위주로 장사하는 가게였던 모양이다.

경사진 길이었다.

진선아 대신 그가 셔트를 완전히 밀어 올리니, 아직도 깨어진 유리창이 그대로 방치되어 있었고, 훤하게 뚫린 전면 유리창이 있어서 안으로 들어가는데 아무런 제약이 없었다. 내부는 생각보다 넓었고 배달보다는 술과 치킨이 주메뉴인 술집 같았다. 주방이 훤히 보였고, 아늑한 느낌이 들었다. 서너 개가량의 테이블이 먼지를 뒤집어쓰고 놓여 있었고 두어 개의 의자가 그의 발치에 쓰러져 있었다. 바닥과 테이블에는 기름 때문인지 검은빛을 띠고 있었고 신발 밑이 끈적거렸다.

여자는 꼼꼼히 둘러보고 있었고 그는 혼자 밖으로 나와 담배를 피워 물고 거리를 둘러보았다.

평범하고도 오래된 거리였다. 편도 2차선 도로 옆에 굵고 검은 둥치에 초록의 새잎이 난 플라타너스가 드문드문 서 있었다. 시끄럽게 달리는 차들이 여느 도시의 이면도로

와 다를 것이 없었다.

그는 앞 차도에서 가게 앞까지 난 바퀴 자국들을 바라보았다. 스키드마크라고 하기엔 너무 옅은 바퀴 자국이 많이 찍혀져 있었다. 유일하게 보도 턱 부분에 오른쪽 바퀴 자국이 조금 짙게 찍혀 있는 것도 있었지만 언제 생긴 것인지는 그도 알 수 없었다. 저 앞 20미터 근방에서 갑자기 방향을 튼 듯 왼쪽 바퀴의 타이어 자국이 비교적 선명하게 난 것도 있었다.

사고의 기억을 잃은 도로 위의 차들은 여전히 소음을 내며 지나다니고 있었고, 저녁을 맞아 열린 주위의 가게들도 저마다 때 이른 불을 밝히고 분주해졌다.

어느새 가까이 다가온 여자는 대낮에 도로를 달리다 갑자기 치킨집으로 뛰어든 사고 차에 대해 말했다. 마침 한낮이었고 문을 연 지 얼마 되지 않아 손님이 없는 시간이어서 운전자 자신만 빼놓곤 아무도 다친 사람은 없었다. 단순한 사고인 것 같았다. 그런데 이 가게의 여주인이 보통이 넘어서 가게 수리비를 지나치게 많이 요구하고 나선다는 것이었다.

"생각보다 사고 여파가 커졌어요."

그렇게 말하며 여자는 그의 반응이 궁금한 듯 구상규를 힐끗 쳐다보았다.

"보상금이 많이 나오겠네요. 보험은 들었겠죠?"

구상규는 마지못해 응답해 주었다. 그는 잘 알지도 못하는 이런 일에 대한 대화보다는 어서 신애를 만나러 가고 싶었다. 게다가 이 신산스러운 사고 현장에 오래 있고 싶지도 않았다.

"아마도 그렇겠죠. 알아보니 가게 주인 여자가 합의를 쉽게 안 해줄 것 같다는군요. 제가 보기엔 이 기회에 그동안 장사 안된 것까지 단단히 한몫 잡으려고 하는 것 같아요."

"그렇군요. 뭐 그래도 피해 산정 방식대로 하겠지요."

상규는 무성의하게 느껴질 정도로 무심히 대답했는데 그를 보는 진선아의 두 눈이 반짝였다.

둘은 잠시 사고에 대해 대화를 나눈 뒤 길가에 세운 진선아의 차로 돌아갔다.

"정확한 사고의 원인은 밝혀졌나요?"

"브레이크 파열이라는데, 자세히는 모르죠."

구상규의 물음에 여자는 방어적으로 보일 정도로 얼버무리는 듯 빠르게 말했는데, 급속히 지쳤는지도 모를 일이었다.

"술이나 졸음 같은 이유가 있을까요?"

"평소에 술을 많이 마시긴 하지만 그날 졸음운전은 아니었다네요."

거기까지 말하고 여자는 그곳을 벗어나 도로의 흐름 속

으로 합류하느라 사이드미러를 살피며 덧붙였다.

더 이상의 대화는 없었다.

병원으로 향하는 차 안에서 구상규는 신애와 진선아가 생각보다 깊은 관계가 아닐 수도 있겠다는 생각이 들었다. 왠지 알 수 없는 무관심이 느껴졌다. 이상하게도 진선아는 신애보다 자동차 사고에 관심이 더 많아 보였다. 그들은 어떤 관계일까?

상규가 원룸 주인에게서 받은 번호로 전화하자 진선아는 원룸 주인에게 전화한 것은 자신이며 자신도 신애의 전화를 받았다고 했다. 신애가 그녀에게 전화를 해와 방을 빼겠다고 했다는 것이다. 그는 여전히 신애와 통화를 할 수 없었다. 어떤 이유인지 모르겠지만 신애는 원하는 상대와만 통화하는 듯했다. 거기에 자신은 들어있지 않았다. 구상규는 그 점이 이해할 수 없었다. 신애가 새삼 그를 피할 이유가 없었기 때문이다. 구상규로서는 정말로 이상하고도 납득할 수 없는 상황이었지만 지금 으로서는 신애가 있는 곳을 아는 것은 이 여자뿐이었다. 게다가 조금만 있으면 모두 다 알 수 있을 거로 생각했다.

그는 병원 복도 끝 엘리베이터와 계단 앞의 작은 창문을 통해 도시를 내려다보고 있었다.

진선아의 기억력은 썩 좋지 못한 듯했다. 5층 복도 끝인 것은 기억이 나는데 509호인지 510호인지 확실하지는 않다고 했다. 그러나 병실 숫자와는 관계없이 두세 번 가봤기 때문에 금방 찾을 수 있을 거라고 잠시만 기다려 달라며 건너편 복도 쪽으로 사라져 버렸다.

바름병원은 학산시에서도 규모가 큰 정형외과 병원인 것 같았다. 구상규는 병원 입구에서부터 시작된 마음 깊은 곳에서부터 떠오르는 저항감을 간신히 억누르고 있었다.

창밖엔 어느덧 화사했던 대낮의 빛이 어두운 주홍빛으로 가라앉고 있었다.

여름 소나기처럼 휘몰아치는 진선아를 따라오다 정신 차리고 보니 이곳이었다. 여자 친구 남편이 입원해 있는 병원. 아침 드라마 막장 같은 느낌이었지만 또 그만큼 신애를 만나고 싶기도 했다. 만나서 보고 듣고 확인하고 싶었다. 보이지도 만질 수도 없는 그녀의 마음을 알기 위해 헤맨, 어딘지 어긋나고 뭔가가 빠진 기나긴 하루였다.

그가 내려다보고 있는 도시 또한 기나긴 하루였던 듯 무겁게 가라앉고 있었다. 그 사이로 무의식 속에 박히는 각성의 별처럼 때 이른 불빛이 살아나고 있었다.

그쯤에서 그는 진선아가 병실을 정확하게 알지 못한 것이 얼마나 다행인지 안심이 되었다. 만약 그대로 병실을 따라 들어갔다면, 도대체 그는 자신을 무어라 했을 것인지, 만약 거기서 신애를 만났다면 신애가 그를 어떻게 생각했을 것인지 생각하면 머리끝이 서는 듯했다. 자신도 놀랄 정도로 홀린 듯 움직이고 있는 자신도 이상하지만 생각해 보면 진선아도 이상하긴 마찬가지였다. 진선아는 이곳 학산시의 사고에 그를 너무나 깊숙이 이끌고 있었다.

그는 창문에서 몸을 돌려 진선아가 사라진 복도 쪽을 쳐다보았다. 그는 자꾸만 떠오르는 자괴감으로 모든 것을 팽개치고 다시 신애의 방으로 사라지고 싶었다.

사라진 진선아는 아직 보이지 않았다. 그의 맞은편 501호 병실은 문이 반쯤 열려 있었는데 흰색 벽면의 기괴한 전시실 같은 모습이었다. 파란 환자복 차림의 남자들이 다리를 천장에 매달고 있거나 하얀 팔을 목에 늘어뜨리고 앉아 있어서 고장 난 로봇처럼 어딘지 우스꽝스러워 보이기도 했다. 이제 곧 저녁 시간인지 간병인으로 보이는 어떤 여자가 식탁을 펼치고 냉장고에서 꺼낸 밀폐용기를 올려놓는 모습이 보였다.

그런 모습을 보자 무덤과도 같이 고요하던 신애의 방에서 자신이 너무 멀리 온 듯 느껴졌다.

잠시 후 진선아가 그 병실 문들 속에서 갑자기 나타나 그에게로 다가오는 것이 보였다. 그녀는 혼자였다. 생각에 잠긴 채 가까이 걸어오더니 자신을 쳐다보고 있는 그를 발견하고는 표정을 바꾸며 말했다.

"지금 자리를 비우고 없군요. 집에 갔다는데 조금 있다가 온대요. 잠시 더 기다려 보실래요?"

그가 아무 말이 없자 여자는 자신의 핸드폰을 들여다보았다. 무언가 조급해하는 듯했다.

그도 자신의 핸드폰으로 시간을 확인했다. 저녁 5시 20분이었다.

"그럼 저는 1층에 있는 편의점 쪽에 가 있겠습니다. 신애 오면 연락 좀 해주시겠습니까?"

기다렸다는 듯 여자의 표정이 확, 밝아졌다. 그리고 머리를 가볍게 끄덕였다.

"그래요. 그럴게요."

그가 엘리베이터 앞에서 1층 버튼을 누르고 돌아보았을 때 진선아가 다시 병실 쪽으로 걸어가고 있는 것이 보였다. 그런 그녀의 뒷모습에선 아까 낮의 활기가 느껴지지 않았다.

저녁 시간의 병원은 입구 쪽으로 갈수록 혼잡했다.

1층 엘리베이터에서 내려 편의점이 있는 쪽을 향하여 병원 정문 옆을 지나쳐 편의점 안으로 들어선 순간이었다.

편의점 쪽은 병원의 밥이 싫은 환자들이 밀물 따라 들어온 물고기 떼처럼 몰려 있었다.

그때 편의점 유리창 너머로 익숙한 형상이 눈에 들어왔다. 정신애였다. 그녀가 직장을 나갈 때 주로 입었던 베이지색 블라우스와 어두운 초콜릿색 바지를 입고 있었다. 환자를 돌보기 위해 집에서 반찬통을 들고 뛰어나온 모습은 아니었다. 그녀는 혼자만의 생각에 잠긴 표정이었다. 그가 아주 오랫동안 그녀를 기억하던 바로 그 표정이었다. 그는 반가운 마음에 그녀에게 닿기 위해 유리창 쪽으로 몸을 기울였다가 아는지 모르는지 그녀가 유리창을 스쳐 사람들과 함께 병원 쪽으로 멀어지자, 그는 조급해졌다. 자신도 모르게 핸드폰을 꺼내 그녀에게 전화를 걸었다. 그러나 그가 건 전화는 어디로 간 것인지 그녀에게 전해지지 않는 듯했다. 그녀는 곧장 정문 쪽으로 걸어갔다.

유리창 이쪽의 그 또한 다시 편의점을 돌아나가 병원 정문 쪽으로 갔다. 그새 올라갔는지 엘리베이터 앞에 사람들은 많았지만, 그녀는 없었다. 엘리베이트는 높은 곳에 있거나 지하에 있었고 움직임이 느렸다.

그는 계단을 택했다. 5층 계단 입구쯤에 다다랐을 때 문 너머 복도 쪽에서 말소리가 들려왔다.

"꺼지라고 하세요."

신애의 목소리다. 그 말에 그는 발걸음을 멈추었다.

그의 머리 위에서 그 목소리가 들려왔고 그는 가만히 멈춰서서 두 사람의 말에 귀 기울였다.

"더 이상은 무리예요. 그만 포기하세요."

신애의 목소리가 다시 말했고 이어서 진선아의 목소리가 들려왔다.

"여기서 그만둔다고?"

"네. 인제 그만해요."

구상규는 올라가려다 그만두었다. 왠지 자신이 끼어들어서는 안 될 것 같았다.

"그래도 만나보지 그래. 만나고 싶다는데."

"알아서 하겠죠. 그러니 언니도 여기서 그만두세요. 제발. 정신 차리라고요."

신애는 무슨 일인지 화를 내고 있었고 그를 만나고 싶어 하지 않았고, 그에게는 알아서 하라고 하는 것 같았다.

그쯤에서 그는 천천히 소리 없이 되돌아 계단을 내려왔다.

온갖 생각이 다 지나갔다. 처음에는 화가 났고 잠시 후 뭐가 잘못되었을까, 가던 발걸음을 되돌렸다가 다시 병원 입구까지 나왔다.

생각해 보니 오래전부터 담배가 피우고 싶었던 것 같았

다. 머리를 돌려 이리저리 살폈지만, 병원 어디에도 흡연구역이 보이지 않았다.

그는 그대로 가버릴까 생각했지만 진선아에게는 알려야겠다고 생각하며 잠시 기다렸다. 담배 생각이 더 절실해진다면, 참을 수 없어진다면 이대로 갈 작정이었다. 진선아에게 먼저 간다고 전화를 하면 될 테니까.

잠시 후 진선아가 피곤한 기색으로 다시 나타났다. 갑자기 나타났는데, 어디서 나타난 것인지 알 수 없었다.

또 혼자였다.

“오긴 했는데 신애씨가 상규씨를 만나지 않으려 하는군요.”

구상규는 어느 정도 예상하였으므로 아무런 말도 하지 않았다.

“다른 말은 하지 않던가요?”

그는 무기력하게 물었고 여자는 머리칼을 후, 불며 눈길을 먼 곳으로 잠시 두더니 두 팔을 껴안았다. 흥분 끝인 듯 그녀의 두 볼이 약간 상기되어 있는 것 같았고 피곤해 보였다.

“아, 아무런 말도 없었어요. 그저 네, 그래요. 제게 조금 화가 나 있는 것 같군요.”

“절 데리고 와서 화가 난 건가요?”

구상규는 그렇게 물었다. 하루 종일 내내 걸리던 것, 처음부터 이렇게 불쑥 찾아온다는 것이 그가 생각하기에도 무리였다. 어쩌면 신애가 찾아오길 가만히 기다리는 것이 나을 뻔한 건지도 몰랐다. 하지만 방도 빼겠다는데, 이대로 아무런 설명도 없이 끝이 나는 것일까?

"그렇다기보다는 너무 갑작스러웠던 것 같아요. 오늘은 그냥 가는 게 좋겠군요."

"제가 따로 신애와 연락할 방법은 없을까요? 아침에도 말했지만 제 전화는 받지 않아서요."

"신애씨는 제 전화도 받지 않아요. 여기 있다는 것도 사실 월산시 원룸 방을 빼고 싶다는 연락이 와서 알게 된 거니까요."

그 말을 끝으로 진선아는 별다른 말이 없었다. 너무 지쳐 말할 힘도 없는 듯했다.

구상규는 어쩔 수 없이 돌아설 수밖에 없었다.

둘은 병원 앞에서 헤어졌다. 진선아는 학산시에서 만날 사람이 더 있다고 했다.

"다시 연락드리죠."

구상규는 별다른 의미 없이 인사 삼아 말했는데 진선아는 떠름한 표정이 되었다.

"그런데 계속 거기에 있을 건가요?"

그렇게 말하는 여자의 얼굴로 봐서는 그 방에 그가 계속 머무는 것을 원하지 않는 것 같았다.

"우선은 그래야겠죠. 신애를 만날 때까지."

"그렇군요."

진선아는 생각에 빠진 듯한 표정으로 머리를 끄덕였다. 그냥 습관적인 것 같았다.

"그럼."

구상규는 머리를 조금 끄덕여 인사를 하고 돌아섰다.

"신애씨가 그 방으로 돌아올 거라고 생각하시는 건가요?"

돌아선 구상규의 등 뒤에서 진선아가 조용히 물어왔다. 뒤돌아보니 진선아는 여전히 꼼짝도 하지않고 그 자리에 계속 서 있었던 듯했다. 그는 잠시 생각했다. 그리고 오기인지 치기인지가 솟았다. 전화 한 통은 해줘야 하는 것 아닐까, 그렇게 생각했던 것 같다.

"제가 그 정도는 될 거라고 생각합니다."

구상규의 말에 진선아의 눈이 가늘어졌다. 아주 신중한 표정이었는데, 구상규는 자신의 예상보다 그녀가 진지한 사람일 지도 모른다고 생각을 했다.

"그래요. 그러길 바랍니다. 그럼 연락하세요."

진선아는 그렇게 말하더니 자신의 빨간 소형차가 있는 주차장 쪽으로 걸어갔다.

여자가 퇴장하고 사라지자 배경으로 내려앉고 있던 주홍빛 어둠 속에서 저녁의 불빛과 소리들이 갑자기 밀려들었다.

2부

툭, 날아간 너란 돌멩이

1.

그녀가 스물이 되기 전에 그녀의 어머니가 죽었다.

그때 이미 그녀는 집을 떠나 그 동네에서 살고 있지 않았다. 그것이 어쩌면 그 이른 죽음의 이유 중 하나였을 것이다. 그 어머니를 죽을 만큼 상심에 빠뜨렸을 것이라고 구상규는 생각했다.

그녀의 어머니는 그녀의 의지처가 되기보다는 오히려 그녀가 어머니의 안식처가 되어주어야 할 정도로 작았고 하얗고 비쩍 마른 여인이었다. 야위어서인지 입도 컸던 듯했는데, 입가엔 조금은 쓸쓸한 웃음이 매달려 있곤 했다.

어쩌다 그리되었는지 몰라도 언젠가 그녀의 집에서 저녁을 얻어먹은 적이 있었다. 형편없는 기억력을 가진 와중에도 그때 본 인상이 그랬다. 너무도 평범하지만, 그 쓸쓸한 느낌이 그녀를 설명하는 듯했다.

지금 생각해 보니 그 쓸쓸한 웃음이 담긴 하얀 얼굴을 신애는 빼닮은 듯도 했다. 그래서일까. 그녀의 삶도 그녀의 어머니와 별로 다르지 않았던 것인지도 모른다.

가난과 의붓아버지의 폭행으로부터 끝내 벗어나지 못했던 초라한 삶이었기에 그녀의 어머니가 일찍 죽었다고 해서, 그녀의 삶에 무슨 대단한 영향을 미쳤으리라고는 생각지 않았지만, 그것으로 그녀의 가까운 혈육은 완전히 없어진 것이었다. 그런 어머니의 죽음조차도 알지 못했는지 그녀는 장례식이 있던 날까지도 나타나지 않았다.

사실 구상규는 어떻게 자신이 그날 그 장소에 있었는지 지금까지도 이해하지 못했다. 늘 그렇듯 홀린 듯도 하고 망각 때문인 듯도 하다. 서른넷의 삶에서 그는 생각해 보면 계획해 본 것이 별로 없었다. 대부분이 우연에 의해 결정되었고, 큰 틀은 정해진 대로였다. 그날도 생의 몇 번에 있는 우연이 작용했을 것이다. 아마도 기영수가 누군가를 통해서 그 소식을 들었을 것이고, 그 소식을 들은 기영수가 우연히 구상규에게 제의했을 것이다. 그는 아마도 그때나 지금이나 같은 이유로 그 제안을 뿌리치지 못했을 것이다. 처음으로 간 꽃구경 약속에 대한 기억 때문이었다.

그들이 방문했을 때는 밤안개가 이미 점령하고 있었고, 산밑의 그 조그맣고 볼품없는 동네도, 알콜과 피로로 찌든 그곳 사람들의 머릿속처럼 골목들이 두서없이 여기저기 혼란스럽게 퍼져 있었다. 그럼에도 그곳은 몽롱했고 쌉싸름했다.

장례식장은 미 개발 지역과 조금 동떨어진 산밑에 덩그러니 따로 서 있었다.

건물로 들어서자, 그들은 3층으로 올라갔다.

"이쪽인 거 같다."

기영수가 자신 없는 목소리로 가리키는 곳을 보니 반쯤 열린 302호실 문 너머로 텅 빈 장례식장의 흔한 내부가 펼쳐져 있었다.

듣기로는 마지막 날이었고 다음 날 새벽이 발인이라고 들었는데도 썰렁한 모습이었다.

그들은 향을 피우고 절을 하고 난 뒤에야 언제부터인지 자신들의 뒤에 서 있는 키가 작고 조그만 남자를 발견할 수 있었다. 신애의 의붓아버지였다. 그는 나이가 들어감에 따라 쪼그라들어 가고 있는 듯한 느낌이 들었다.

그들과 맞절하고 난 뒤 신애의 의붓아버지는 그들이 누군지 모르겠다는 얼굴이었지만 어쨌든 이렇게 찾아와 주시니 고맙다고 어눌하고 주저하는 듯한 말투로 인사했다. 그의 눈과 얼굴은 붉게 물들어 있었고 목소리는 쉬어 있었다. 그에게서는 술 냄새가 났다.

그날 신애 의붓아버지의 눈물을 보고, 구상규는 그 눈

물을 믿지 않았다. 먹이를 삼키면서 어쩔 수 없이 흘린다는 악어의 눈물을 떠올렸다. 그때 옆방에서는 목소리를 죽인 어떤 여자의 울음소리가 들려왔다. 그 소리가 오히려 더 미칠 것 같았다. 그들이 그날 별 연고도 없는 그 장례식장에 꾸역꾸역 간 이유가 옆방이 아니라, 바로 그 방에서 저렇게 목소리 죽여 울고 있을 신애의 목소리를 듣기 위해서라는 사실이 뚜렷해지는 순간이었다. 신애는 어디 있을까.

그날의 그 동네를 다시 빠져나오는 길이 내내 그날의 안개처럼 몽롱했다.

되돌아오는 버스 정류장은 멀었고 그들은 미개발지역인 산밑을 지나 덕지덕지 붙은 구시가지 쪽으로 접어들며 멀리 동떨어진 장례식장 건물을 바라보았다.

그가 뒤돌아본 곳에는 아무런 일도 없었다는 듯이 집과 길과 사람들이 어둠에 잠겨 있었다.

동쪽 하늘에는 아주 크고 붉은 달이 떠올랐고 가까운 숲에서 밤 산 새소리 같은 것도 호르르 호르르 들리는 듯도 했다. 그 소리가 들리자, 신애와 했던 별것 아닌 그날의 약속도 떠올랐다.

그날의 약속도 사실 우연에 지나지 않았다. 눈 한번 깜짝하면 잊힐, 기억하지 않아도 아쉬울 것 하나 없는 시답잖고 작고 하찮은 약속.

"우리 내년에도 놀러 오자."

뒤틀리고 소란스러운 사람들이 살던 낡고 오래된 동네, 질식시킬 듯 무겁게 안개가 가라앉아 있던 동네. 도망가라고 외치는 듯 하얗게 피어오르던 "다음에도 놀러 오자"던 말. 그리고 하얀 벚꽃 무리들.

2.

그들은 벚꽃 그늘이 줄지어 펼쳐진 백여덟 개의 계단을 밟고 오르는 중이었다. 왕의 계단이 이리 화사할까. 밤 벚꽃은 불빛 아래에서 활짝 펼쳐져 있었다.

하늘은 어두웠지만, 전등을 밝힌 시장바닥처럼 백여덟 개의 계단은 벚꽃의 천막 아래서 사람들로 붐볐다. 그 많은 번뇌의 계단 위에서도 사람들은 와글와글 시끄러웠고, 아이들이 뛰어다녔고, 곳곳에서 번쩍번쩍 카메라 불빛이 터졌다. 호호호, 사람들의 웃음소리가 귓가를 굴러간다. 그들은 두 시간 동안이나 버스 안에서 서서 이곳 벚꽃언덕으로 난 깊은 터널을 지나왔지만 피곤한 줄 모르고 조금 들떠 있었다.

신애는 아까부터 머리를 한껏 젖히고 벚꽃을 바라보며 걷는다. 그녀의 큰 입만 벌리고 아무 말 없이.

구상규는 비현실적인 그 풍경에 괜히 삐딱해져서 괜히 손에 잡히는 꽃을 꺾어 낱낱이 헤집어보았다. 자세히 들여다보니 그것이 향기도 없었고 생긴 것도 꼭 깎아 놓은 조화처럼 귀엽지도 않았다. 그런데도 이 화사함은 어디서 오는 것일까, 의아한 눈을 들어 꽃무리를 보니 오골오골 뭉쳐 붙어 있는 것이 개구리알처럼 무섭고 징그럽기까지 했다.

"우리 몰래 사람들이 이러고 놀고 있었구나? 우리가 왕따였네."

기영수가 주위를 낯선 듯 둘러보며 조금 억울한 투로 말했다. 그 말에 셋 다 조금 웃었다.

"맞아. 우린 왕따들의 연합체다. 삐뚤어질까?"

신애가 맞장구쳤다.

잘못 던져진 돌처럼 쓸데없이 삐딱해지고 싶은 것이 구상규만의 기분이 아니었던 모양이다.

그들은 이상한 부분에서 서로 통했다. 이를테면 좋은 것, 아름다운 것, 이런 꽃이 핀 풍경들과 어울리지 않는 음침한 사람들.

그들은 불화의 아이들이었다.

시내 영화관에서 일본 추리 애니메이션 영화를 보고 난 뒤였다. 그들은 열여덟이었고, 기영수와 신애는 새 학년 들어 한 반이 되었고, 구상규는 다른 반이 되었다.

"역시 오기를 잘한 거지?"

신애가 조금 밝아진 목소리로 말했다.

백여덟 개의 계단을 쌕쌕 올라가면서도 그들의 마음은 조금씩 가벼워졌다.

그는 다시 따뜻한 피가 몸속을 돌아가는 듯한 느낌이 들었다.

이제 다 올라왔나 보나, 생각하고 계단 꼭대기를 바라보니 또 다른 계단으로 이어져 있는 조그만 광장이 나타났고, 거기도 밤의 사람들이 와글와글 모여 있었다. 그런데 어디선가, 낯선 소리가 들리는 것 같았다. 그는 주위를 경계하는 수탉처럼 목을 쭉 빼고 소리 나는 쪽을 찾기 위해 귀를 세웠다.

"어디서 밤새 소리가 들려오는 것 같지 않아?"

그가 말하자 신애가 잠자코 귀를 기울였다.

"내겐 아무런 소리도 들리지 않는걸."

기영수가 그렇게 말했을 때 신애가 그 말을 수정했다.

"울음소리 같은데?"

그들이 계단을 다 올라가자, 사람들이 빙 둘러서 있었고 그 속에서 짧은 새의 비명처럼 호르르 울음소리가 울린다.

중년의 문턱을 살짝 들어선 여자가 배우처럼 혼자서 독백을 하고 있었다. 처음에서 버스킹 같은 건가 했는데, 문득 고개를 든 여자의 두 눈은 엄청나게 붉었고 퉁퉁 부어 있었다. 주홍빛 루즈가 살짝 칠해진 그녀의 입술에서는 그가 새소리라고 잘못 들은 울음소리가 거의 알아듣기 어려운 말과 함께 흘러나오고 있었다. 정말 행복했는데, 호륵, 그래도 슬펐던 적도 있었지만, 그러려니 했지요. 호르륵 하지만 그냥 행복에도 곰팡이가 피니까. 빵 꽃이 피었나 했지요. 호륵, 나이 사십인데, 호르륵 그 평온했던 삶이 내게 앙갚음을 해온 거예요. 진작에 눈치챘어야 하는 건데, 알겠어요? 그건 푸른 꽃이 핀 평화였다구요. 나이 사십에, 호륵 인생이 제게 복수를 한 거예요. 여자가 두 손을 가지런히 펴서 사람들에게로 내민다. 제 두 손에는 정말 이제 아무것도 남은 게 없어요. 아아 그런데 세상은 어떻게 이렇게 아무렇지 않을 수 있죠? 꽃이 도대체 왜 피는 거예요? 네? 전 뭐죠? 여자가 다시 두 손을 자신에게로 가져가더니 거기다 얼굴을 파묻으며 밤 산새처럼 호르르 호르르 운다. 정말 독특한 울음소리였다.

"미친 건가?"

모여든 사람 속에서 누군가가 작은 목소리로 물었지만 아무도 대답하지 않았다.

여자의 깨끗한 청바지와 차분한 감청색 니트 셔츠가 그녀의 평온했다는 일상을 증명했고 그 울음이 그녀의 삶에 있어서 얼마나 파격적인 것인가를 말해주고 있었다. 그 여자의 옷차림은 너무도 차분했고 점잖았다.

사람들은 빙 둘러서서 연극을 감상하듯 가만히 있을 뿐이다.

꽃과 띄엄띄엄 높이 고개 숙인 가로등과 곳곳에 걸린 백열구 등불과 웃음에 몽롱하게 취했던 사람들의 얼굴에는 싸늘하고 푸른 호기심이 빛나고 있었다.

말해줘요, 우리에게 정말 남은 게 뭐죠. 이젠 어떻게 살아가죠? 왜 아무렇지도 않은 채 꽃은 피고 세상은 말이 없냐구요. 네?

"잠시만요. 비켜주세요. 잠시만요. 아무 일도 아니에요. 그냥 취했을 뿐이에요."

빙 둘러선 사람들을 헤집고 허겁지겁 달려온 작고 주름진 남자가 여자를 부둥켜안으며 말했다.

남자의 출현으로 호기심에서 깨어난 사람들은, 에잇 뭐야, 아무 일도 아니잖아, 그냥 술에 취했을 뿐이야, 하고 그 새소리와도 같은 울음소리를 등지고 다시 꽃그늘 속으로 사라져 갔다. 그런데 놀랍게도 그 남자가 출현하고 사람들이 흩어지자, 그때까지도 그에게 들려오던 여자의 울음소리는 잦아들었고 더 이상 들려오지 않았다. 여자는 그냥 얼굴을 파묻고 헉, 헉, 거리며 어깨를 들썩이고 있을 뿐이었다.

백열덟 개의 계단이 끝나는 곳에서 얼굴을 파묻고 울던 여자는 그렇게 사람들에게서 잊혀졌다.

그들은 조금 침울해져서 아무런 말도 하지 않은 채 광장의 파라솔 아래에 앉았다.

평소에 익살스러운 수다로 분위기를 띄우던 기영수 조차 말을 거의 하지 않았다.

때 이른 노천의 파라솔 아래도 몹시 시끌벅적했고 백열구의 오랜지 불빛에 간신히 드러난 사람들의 얼굴은 잔뜩 취해 있는 것처럼 보였는데, 구상규는 그들이 무엇엔가 홀려 있다고 생각했다.

사람들은 초봄의 파라솔 아래에서 그들은 파전과 탁주를 마셨다.

밤이라 바람은 잦아들었지만, 아직 기온은 쌀쌀한 편이었고, 신애는 추위를 몹시 타는 듯 몇 번인가 몸서리를 쳤다.

한참 뒤 그들은 노점 옆의 탑을 오르기 시작했다.

처음에는 같이 올랐는데 사람들 틈에 이리저리 휩쓸리다가 누가 먼저랄 것도 없이 도중에 뿔뿔이 흩어지고 말았다. 그 좁은 계단도 사람들로 몹시 붐볐고 3층의 철계단은 빙글빙글 돌아가며 탑 꼭대기로 향하고 있었다.

탑의 전망대에는 생각보다 사람이 많지 않았다.

탑 아래에는 검은 침엽수림들이 빽빽이 검은 그늘처럼

들어차 있었고 불이 밝혀진 길을 따라 늙은 벚나무들이 줄지어 서 있었다. 멀리 시내의 불빛이 총총 빛나고 있는 것이 보였다. 도시의 언덕과 시가지를 내려다보며 그는 무거워져 있었다. 그는 자신의 주위에 피고 지는 꽃이나 계절의 흐름에 거의 무감각했다. 그저 평범한 풍경에 불과할 뿐이었다.

돌아서서 계단 쪽으로 걸어 나오다 마침 전망대 계단을 막 올라오는 신애와 마주쳤다. 서로가 서로를 발견했을 때 반가움과 안도감으로 처음인 듯 마주 보고 빙긋 웃었다.

신애는 아무 말 없이 그를 지나쳐 전망대 앞으로 걸어갔다. 그는 계단 입구에 서서 신애가 전망대 너머의 밤 풍경을 다 보기를 기다렸다. 신애는 아무런 말도 없이 전망대 두꺼운 유리창 쪽으로 휘적휘적 걸어가더니 유리창 너머 어딘가를 하염없이 내려다보며 꼼짝도 하지 않고 서 있기만 했다. 그러나 그녀가 바깥 풍경을 바라보고 있는 것 같지는 않았다. 고개도 돌리지 않았고 줄곧 한 곳만을 뚫어져라 쳐다보고 있었기 때문이다.

그가 소리 없이 신애의 등 뒤로 다가가 아무런 말도 없이 바라보고 서 있자 그녀가 뒤돌아보더니 다시 눈길을 도시의 야경 쪽으로 돌렸다. 밤의 어둠 속에서 도시는 겨울잠에 빠진 짐승처럼 웅크리고 있었다.

“그래도 나름 아름답다. 그치?”

신애는 혼자 중얼거리더니 그의 동의를 구하는 듯 뒤돌아보았다.

"그동안 이렇게 좋은 곳이 있을 줄은 몰랐어. 그래도 난 언젠가 여길 꼭 떠날 거야."

그녀가 다시 야경을 바라보자, 구상규는 그녀의 옆으로 다가가 같이 야경을 내려다보았다. 그리고 그녀에게 물었다.

"왜? 여기가 싫어?"

"여기가 좋을 리가 없잖아. 아무도 없는데."

옆자리에 선 그녀를 내려다보자, 그 예의 쓸쓸한 미소를 입가에 물었다. 그는 어쩔 줄을 몰랐다. 어떻게 해야 하는 것일까? 마음 같아서는 손이라도 꼭 잡아주고 싶었다. 그도 아니라면 안아주고 싶었던 것일까. 여기 내가 있잖아, 하고. 하지만 그는 아무것도 하지 못했다. 아무런 일도 일어나지 않았다.

그들은 쓸데없이 오랫동안 한곳의 야경만 내려다보았다. 그곳에는 꿈을 꾸듯 불빛이 아슴아슴하니 어둠에 녹아들었다.

"그런데 이런 풍경은 오래 기억에 남을 수 있을까? 별로 좋은 기억이 없어서."

신애가 문득, 뒤돌아서며 그를 바라보았다. 그리고 시무룩이, 웃기까지 해서 그는 조금은 안심이 되었다.

"한 번 더 올까?"

그는 우는 아이 달래듯 위로 삼아 그렇게 말했다.

"그럴까?"

간절한 눈빛이 되어 그를 올려다보았다.

"그래."

그는 그녀의 눈에 자기 눈을 맞추며 머리를 끄덕였다.

잠시 후 신애가 한껏 밝아진 목소리로 말했다.

"일 년이나 기다려야겠네. 또 오려면."

신애는 가볍게 깡충거리더니 그의 팔짱을 끼었다. 그녀의 몸은 부드럽고 따뜻했다.

그들이 전망탑을 다 내려갔을 때 기영수가 어느새 광장 계단에 서서 그들을 기다리고 있었다.

탑에는 오르지 않은 모양이었다.

"전망 탑에 가봐. 엄청 멋져."

구상규가 말했지만 기영수는 머리를 저었다.

"싫어. 어지러워. 오늘부터 난 고소공포증이 있는 거야."

그들은 백여덟 개의 계단을 버리고 이번에는 산을 빙빙 돌아 나오는 시멘트 길의 등산로로 내려오기 시작했다. 그쪽은 훨씬 조용했고 길고 길었다. 사람들이 많이 가지 않는 데에는 이유가 있었다. 시멘트 길의 등산로에는 백팔개의 계단이 있는 벚꽃 터널보다 침엽수림이 더 많아 조금 음침해 보였고 한산했다.

"이제 그만해. 자, 이제 됐어."

"미안해요. 그래도 그 아이가 생각이 나서 견딜 수가 없어요. 미안해요. 미안해요."

저 앞 도로 옆에서 검은 두 개의 형체가 나란히 서로 기대고 앉아 있었다.

아까 그 계단 위에서 울던 여자인 모양이었다. 두 사람은 등산로 옆 벤치에 앉아 있었는데 남자가 울고 있는 여자의 등을 토닥토닥 두들겨 주고 있다. 그들은 두 사람의 도란도란 슬픔의 위로 소리를 건드리지 않기 위해 고개도 돌리지 않고 살금살금 그곳을 조용히 지나쳤다.

"이쪽으로 와봐."

소나무 사이에서 비쩍 바르고 볼품없이 그곳에 잘못 서 있는 것 같은 벚나무 밑으로 들어가더니 신애가 그들을 불렀다. 그들이 그녀가 서 있는 나무 밑으로 다가가자, 그녀가 벚나무를 흔들었다.

"어때? 아프지? 꽃잎 돌멩이 맛이 어때?"

또르륵 또르륵 몇몇 벚나무 꽃잎이 빙그르르 돌면서 떨어지기는 했지만 그녀의 의도만큼 날아다니지는 않았다.

몇 개의 꽃잎이 그의 얼굴을 빗방울처럼 가볍게 스치고 날아갔다. 아무렇지도 않았다.

"뭐야, 재미없게."

그때 기영수가 따분하다는 듯이 말했다.

"침울 속의 하찮은 꽃잎 몇 개."

그렇게 말하고는 무엇이 우스운지 기영수가 낄낄거렸다. 그러고는 앞서서 걸어 나갔다. 뒤에 남은 신애와 상규는 웃지 않았다.

"그래도 다행이다."

잠시 후 신애가 말했다.

"뭐가?"

"그래도 저 사람에겐 누군가가 있잖아. 사람들의 차가운 눈길에서 숨겨주는 사람."

신애는 계속 말했고 기영수는 저 앞에서 걸었다.

"숨어 있고 싶을 때, 숨을 곳이 없으면 큰일이잖아."

잠시 후 그녀는 어색한 듯, 씩, 웃었고 조금 밝아진 목소리로 말했다.

"미안. 너무 심각해졌네. 이렇게 좋은 날."

"저 아줌마가 심각하게 보이긴 했지."

구상규는 나름 달래고 싶어 무심한 듯 말했다.

"그래도 오늘 오길 잘한 것 같아. 좀 이상하긴 했지만 말이야."

거기까지 말하고는 머리까지 끄덕이며 다시 혼잣말을

했다.

"우리 꼭 다시 오자. 내년에 꽃필 때."

구상규는 가만히 있었고 그런 상규를 가만히 쳐다보더니 신애는 답을 재촉했다.

"응? 또 오자."

다섯 살 계집애처럼 유치하게 다짐받으려 했다.

"그래. 그러지 뭐."

그는 무뚝뚝하게 말했고 확답을 받아 기분이 좋아진 것인지 신애는 다시 활짝 웃더니 그의 옆으로 조금 더 다가왔다.

"옆에 누군가가 있으면 나도 좀 달라질지도 몰라."

신애는 술에 취한 사람처럼 그렇게 중얼거렸다. 무엇 때문인지 잔뜩 흥분해 있는 것 같았다.

"누군가를 믿는 건 위험한 거야."

구상규는 그렇게 말해놓고도 무언가 더 가르칠 것이 남은 선생처럼 덧붙였다.

"난 나도 믿지 않아. 네가 보는 모든 것은 거짓이야."

"뭐야? 이 알쏭달쏭 불신교도는."

신애는 흥, 토라진 듯한 표정을 지었다.

구상규는 그런 그녀의 뾰로통한 볼을 꼬집어 주었다. 그러자 신애가 진저리 치면서 샐쭉하니 그에게서 떨어져 나갔다.

3.

구상규는 눈을 떴다.

자신의 낡은 자동차 안이었다.

생각이 너무 무거워 잠이 오지 않는 밤이었다. 그는 밤새 기억 속의 학산시를 떠돌아다녔다.

그는 진선아와 헤어져 홀로 월산시에 도착했다가 다시 학산시로 왔다. 밤늦게까지 원룸을 서성이다 자신의 낡은 차로 새벽의 길을 달려 학산시로 왔을 때는 새벽인지 밤인지 알 수 없는 시간대였다. 새벽 3시쯤이었을 것이다.

그는 낮에 방문했던 병원 앞 주차장에 잠시 차를 세웠다가 그것이 쓸데없다는 생각에 학산 시내를 목적도 없이 달렸다.

3개월 동안 바깥에서 겨울을 나며 방치되었던 그의 낡은 차는 생각보다 잘 굴러다녔다. 그는 거의 밤을 새워 그가 알만한 곳을 찾아 달렸지만 학산시도 많이 변해 있었다.

예전 시장이 있었던 곳은 동네가 통째로 사라지고 완전히 다른 동네가 되어 있었다. 눈앞이 휑할 정도로 드넓고 크고 거대한 아파트 기둥들이 줄지어 서 있었다.

작고 낡고 우울한 검은 집들은 어디로 갔을까? 입이 크고 하얗고 바짝 마른 여자들은 어디로 갔을까?

놀랍게도 그녀의 집과 그녀가 살던 시장이 있던 동네는 흔적도 없이 사라지고 없었다.

그가 마지막으로 학산시를 떠날 때까지도 도시의 한가운데 있으면서도 아직 땅 주인들과 협의가 되지 않아 미개발 지역으로 남아 있던 곳이었다. 도시 북쪽으로는 커다란 산이 있었고 산에서는 하천들이 흘러 내려왔다. 시장 옆에 있는 그녀의 집은 음울한 히말라야시다가 곁가지가 다 잘린 채 둥치로만 서 있던 골목 안에 있었다. 커다란 대머리독수리라도 한 마리 앉아 있는 것이 꼭 어울릴만한 그 기괴한 나무가 동네 밖 도롯가에서도 멀리서 보였기에 한 번만 가도 찾을 수 있었다. 그 히말라야시다는 어딘지 불길하게 생긴 덕에 거기에 누군가가 목매달고 죽었다는 오래된 동네의 흔한 소문 같은 것이 꼬리표처럼 붙어 있었다.

동네 앞으로 작은 개천이 흐르고 다닥다닥 붙은 슬레이트 지붕들이 어두운 저녁 하늘 끝에 버려진 밥찌꺼기처럼 붙어 있었는데 하천 옆에는 커다란 대로가 생겼고 높은 아파트가 생겨나 있었다.

신애 어머니는 한때 그 동네 시장 골목에서 미용실을 운영했다. 그런데 그 모든 것은 이제 흔적도 없이 사라지고 없었다.

저 하천 끝에 있던 기영수의 집과 기영수 아버지의 부품 하청 공장도 사라지고 없었다.

기영수는 그의 아버지와 그의 아버지를 미치게 만든 그 하청 공장으로부터 도망간 스무 살 이후로 전 세계를 떠돌고 있었다. 핑계는 늘 낚시였지만 아버지의 그 공장이 불타 없어지지 않았다면 그는 어쩌면 그 어두컴컴한 공장에서 오랫동안 기계에 매달려 살아야 했을 것이다.

밤길을 달려도 어느 한 곳 깃들고 싶은 곳을 찾을 수 없었던 상규는 마지막으로 벚꽃 언덕공원으로 향했다.

공원 근처는 시 외곽이었는데도 주변의 길과 집들도 많이 정비되어 상가들로 변신해 있었다.

차를 공원 입구 길거리에 세우고 밤 산길을 올라갔다. 계단은 오래도록 달라진 것이 없었다.

그때, 열아홉의 늦은 여름에도 그와 기영수는 같이 있었다.

구상규가 기영수를 따라다닌 이유는 불안한 밤의 고요 때문이었다. 잠이 오지 않는 밤이면 세상의 온갖 것들이 자신에게로 와 들러붙는 듯했다. 그는 거대한 자석이 되어 모든 것들을 잡아당겼다. 그 무렵 기영수는 술에 취한 아버지의 행패를 피해 밤낚시에 취미를 붙이고 있었고, 상규는 몽롱한 상태에서 오지 않는 잠과 들러붙는 세상과 씨름하지 않아도 되었기 때문에 그와 함께 어울렸다. 기영수는 모든 것을 팽개친 채 가끔 사라지곤 했는데, 주변의 낚시터에서 발견되곤 했다.

늦여름이었고 방학이 끝나가고 있을 때였다. 오토바이로 국도를 오래 달려가 바닷가에 텐트를 쳤다.

그날도 그들은 바닷가에서 라면을 끓여 먹고 캔 맥주를 함께 나누어 마시며 낚시를 했다.

오후 5시쯤의 바다는 고요했다. 기영수가 한동안 눈앞의 섬을 노려보고 있더니 가보고 오겠다고 우기는 것이었다. 바다가 너무 고요해서일까, 아니면 물고기가 잡히지 않아서일까.

"네 눈앞에 있는 저건 사실은 아주 멀리 있는 거라고. 알아?"

구상규는 천천히 또박또박 말해주었다.

"바보냐? 그딴 거 나도 알거든."

"그런데 왜 그러냐고?"

"그냥. 저기 있으니까. 약 오르잖아."

"뭐래. 이 바보가."

기영수는 저기에 무엇이 있는지 헤엄쳐 가보고 오겠다고 끝까지 고집을 피웠다. 구상규로서는 갑자기 왜 아무 이유도 없이 위험한 일을 자초하는지 정말 알 수 없다는 기분이었다. 아무리 달래고 말려도 소용이 없었다. 꼭 무엇엔가 홀린 사람 같았다. 가끔 기영수는 이상한데 꽂혀 고집을 부리면 말릴 수가 없을 때가 있었다. 구상규는 그가 술에 취했다고 생각했다.

구상규도 사실 조금 전까지 먹은 맥주 때문에 힘이 빠지고 노곤했다. 그는 될 대로 되라는 심정이 되었다.

그가 할 수 있는 일이라고는 기영수에게 준비 체조를 시킨답시고 팔이며 다리를 서너 번 휘젓게 하고는 제발 죽지 말고 살아 돌아오라고 부탁하는 일뿐이었다.

기영수는 바닷물에 뛰어들기 전에 그에게 30분이면 돌아오겠다고 위로 삼아 말했다.

그는 아마도 그 섬이 30분 거리라고 생각했던 모양이었다.

기다림은 지루하고도 길었다. 잠시 졸았던 듯도 했다.

바닷가에서 바로 눈앞에 떠 있는 섬을 조마조마한 마음

으로 눈을 부릅뜨고 바라보며 기다리기를 삼십 분이 아니라 한 시간을 기다렸는데도 기영수가 돌아오지 않았다. 그의 느낌에는 그랬다. 구상규는 옷이 젖는 줄도 모르고 바닷가를 정신없이 서성거리다가 근처 낮에 작은 보트 빌리던 곳으로 갔다. 그 낚시터는 오목한 해안을 돌담으로 막고 방파제 안에서 배낚시를 하는 곳이었다. 다행히 그들이 지나쳐온 포구 어귀에 있는 보트 빌리는 곳에 가서 보트를 빌려서 노를 저었다. 그는 섬을 향해 저었지만, 바닷물은 엄청나게 무거웠다. 고작 십여 분 노를 저었을 뿐인데도 몇 시간은 물과 싸운 것 같았다. 배를 저어가면서도 눈앞의 큰 섬은 자꾸만 물러나기만 할 뿐 가까이 다가오지도 않았다. 그는 어깨와 팔이 아프고 손바닥이 쓰라릴수록 섬의 크기와 섬의 거리와 눈의 진실성 따위를 의심했다. 한참을 저어가자, 저 먼 곳에 수박 같은 동그란 것이 잠겼다 올랐다 하면서 가물거리고 있는 것이 보였다. 그리고 조금 더 저어 다가가자 바로 앞에, 물에 젖은 기영수의 시커먼 머리통이 떠 있었다. 그는 하늘을 보고 누워있어서 불길했다. 그는 이름을 불렀다. 그러자 팔을 힘없이 휘젓더니 몸을 돌려 그를 보았다. 기영수가 팔을 저었으나 상규가 배를 저어 가까이 다가갈 때까지도 물에 간신히 떠 있는 수준이었다. 배가 뒤집힐 정도로 몇 번의 시도 끝에 그를 간신히 끌어 올렸다. 보기에도 안쓰러울 정도로 푹 젖은 그가 기침을 해대더니 잠시 후 그는 완전히 탈진 상태에 빠진 듯이 축 늘어졌다.

출렁이는 배와 고래보다 무거운 기영수를 끌어올리느라 힘이 다 빠져버린 구상규 또한 배 한 쪽 끝머리에서 지쳐서 널브러졌다.

기영수는 얼마나 지쳤던지 배 위로 끌어올려지고 난 뒤 한참을 지나 겨우 입을 열었다.

"상규야, 나, 헉, 정말 죽는 줄 알았어. 힘이 다 빠져서, 이제 정말로 죽는구나 하는 순간 네가 왔거든."

기영수는 그때까지도 숨을 몰아쉬고 있었다.

그들 때문에 철벙거렸던 수면은 이제 고요해졌다. 고요한 수면에선 저녁의 잔물결이 반짝였고 가끔 뒤척이는 소리가 들렸다. 하늘에서는 석양이 물들고 검은빛이 천천히 내리고 있었다.

"난 처음엔 네가 저승사잔 줄 알았어. 배 타고 건너는 그 시커먼 저승사자. 넌 나의 저승사자야. 그렇지? 내 고마운 저승사자."

"헛소리 좀 그만해."

구상규는 널브러져 하늘을 바라보면서 짜증을 내었다.

본격적으로 어두워지기 전에 그들의 텐트로 어서 돌아가고 싶었다.

배 위에 한참을 누워있던 기영수가 기척도 없이 일어났다.

"네가 내 저승사자가 되어준다면 뭐 고맙게 죽을 수도 있을 거 같아서 그래."

"뭐야? 이 미친놈은."

이 친구가 뭘 잘못 먹었나? 왜 진담 같은 농담을 이렇게 진지하게 말하는 것일까.

구상규는 치밀어오르는 욕을 삼켰다.

"사실대로 말해봐. 넌 내가 죽었으면 할 때 없었냐? 잠시라도 나 죽었는지 확인하려고 온 거 아냐? 말해봐. 너 나 죽이고 싶었던 적 없어?"

"넌 나 죽이고 싶었냐?"

짜증이 나서 그렇게 묻자, 기영수가 대답이 없었다.

잠시 후 구상규는 체념한 목소리로 말했다.

"네가 제정신이 아닐까 봐 무서워지려 하니까 이제 그만 둬. 어서 가자. 해 떨어지려 한다."

구상규는 이상해져버린 기영수 때문에 속이 뒤틀리면서도 바다 위에서 해가 져서 어두워질까 봐 무섭기도 했다. 그는 너무 지쳐서 기영수가 버거웠다.

그런데 잠잠하던 기영수가 갑자기 소리치기 시작했다.

"내버려 두지 그랬어. 나 죽게 내버려 두지 왜 꺼내온 거냐?"

"뭐래냐? 이 미친놈아. 너 도대체 뭘 잘못 먹은 거냐? 엉?"

"안 그래도 그냥 날마다 확, 불 싸질러버리고 죽고 싶은데, 이렇게 바다에 빠져 죽는 것도 좋잖아. 난 저승사자를 만나서 잠시라도 행복했다고. 그대로 죽어도 좋다고 생각한 순간 네가 날 찾아온 거라고. 넌 재수 없는 놈이야."

"야, 죽으려면 조용히 뒈져라. 나 모르게."

상규는 화가 나서 그렇게 말하고는 입을 굳게 다물고 노를 저었다.

한참을 그렇게 지치도록 저었는데, 저 빌어먹을 기영수는 다시 드러누워 어두워지는 하늘만 쳐다보고 씩씩거리고 있었다. 그때 비로소 알게 되었다. 기영수가 너무 얄미워서 바다에 빠뜨려 죽이고 싶었다. 그의 말대로 죽이고 싶은 게 어떤 건지 알 것 같았다.

"넌 신애와 연락은 되냐?"

"뭐?"

구상규는 노 젓는 것이 너무 힘들어 팔이 떨리고 눈앞이 깜깜해지려 하고 있을 때였다. 혼자 속으로 이 순간만 벗어나면 다시는 널 쳐다도 안 보리라 마음을 먹을 때였다. 그런데 대뜸 엉뚱한 소리만 늘어지게 하고 있었다. 그는 순간 너무 화가 나서 들고 있던 한쪽 노를 기영수에게로 집어 던졌다.

“그 계집애가 거기서 왜 나와?”

자리에서 일어난 기영수와 한쪽 노를 잃은 상규는 서로를 노려보며 씩씩거렸다.

잠시 후 상규와 기영수가 노를 한 쪽씩 들고 젓기 시작했다.

“넌 어떻게 그렇게 아무렇지도 않을 수가 있냐고?”

그동안은 흥분할수록 말이 많아지는 기영수에 비해 화가 나면 입을 다물어버리는 쪽은 구상규였다. 그러나 이제 기영수조차 입을 다물었다.

긴 침묵과 함께 한참을 둘이 노를 젓자 멀리서 보였던 해안가 낚시터의 이르게 켜진 불빛이 보였다. 아직 해는 완전히 떨어지지 않고 주홍빛으로 하늘이 어두워지고 산그늘이 검게 내려앉고 있었다.

그들이 낚시터에 거의 도착했을 때 기영수가 말했다.

“그날 둘이 무슨 일이 있었던 거야? 말해봐. 정말 무슨 일이 있었던 거지? 엉?”

아직 화가 가라앉지 않은 구상규는 소리치려다 그만두었다. 그래, 넌 무슨 일이 있었기를 바라는 거지. 정신애, 그 재수 없는 계집애를 나 쪽으로 떠밀고 싶은 거지. 정말 버럭 버럭 소리치고 싶었다. 그러나 끝내 아무 말도 할 수가 없었다. 아무 일도 없었다고 말하기가 싫었다. 누구를 위한 것인지는 모르겠지만 죽어도 그 빌어먹을 말은 하고 싶지 않았다.

"왜 아무 말도 없어? 넌 끝까지 신애를 모른 척했잖아? 넌 비겁한 놈이야. 언제까지 비겁할 거냐고?"

기영수가 으르렁거렸다. 기영수는 농담을 좋아하고 유쾌한 인간이었다. 그런 모습은 그때가 처음이었다.

"미친놈아 그 입이나 다물어. 바다에 처박히기 싫으면. 정말로 물속으로 처박아 버리고 싶으니까."

구상규는 몇 번 그렇게 씹어뱉듯 중얼거렸다.

누구에게 욕을 하는지 자신도 몰랐다.

다시 둘은 서로를 노려보며 씩씩거렸다.

"나쁜 놈. 구상인지 신상인지 넌 나보다 더 나쁜 놈이야. 넌 아직도 솔직하지 못하지."

역시 솔직한 것인지, 가벼운 입을 가진 건지 기영수가 다시 욕을 퍼붓고 있었다.

하지만 상규는 입을 꾹 다물었다. 기영수가 아무리 지랄을 해도 구상규는 기영수와의 관계에서 자신이 침묵을 지키는 한 관계가 계속된다는 것을 알고 있었다.

구상규가 끝내 입을 다물고 아무런 말을 하지 않고 있자, 그런 그를 노려보고 있던 기영수가 역시 가벼운 입으로 아무 말 대잔치를 하고 있었다.

"너의 그 능글능글한 표정도 지겨워. 여기서 우리 더 이상 얼굴 보지 말자."

그렇게 긁어대는데도 상규가 입을 다물고 있자 기영수가 다시 소리쳤다.

"우린 왜, 친구 하나 지키지 못하냐고."

"그 입 다물어. 미친놈아."

참다못해 구상규가 조용하게 말했다. 그는 정말로 더 이상 듣기 싫었다.

그 뒤로 그들은 신애에 대해 입에 올리지 않았다.

그런데 기영수가 몇 달 전 신애가 자신에게로 연락이 왔다고 했다.

상규는 병원이었고 처방받은 약이 나오길 번호표를 들고 기다리고 있었다.

"그 이름이 왜 또 나오냐?"

구상규가 시큰둥하게 받았고 기영수는 어이가 없는 건지 화가 난 건지 잠시 아무 말이 없었다.

"내가 또 실수하는 거 아닌지 모르겠는데, 전화 끊으면 네게 신애 전화번호 찍어서 보낼게. 한번 가보든지 네가 알아서 해라. 이만 끊는다."

"그러는 넌, 지금 어딘데?"

구상규는 끊으려는 그의 전화기에 매달리다시피 물고

늘어지며 물었다.

“저기 조지아라는 나라가 있댄다.”

“이번에도 낚시냐?”

“아니, 배가 고파서 감자 캐고 포도 따러 간다.”

“미친놈.”

구상규가 못 말리겠다는 듯 체념 어린 목소리로 말했고, 둘은 잠시 침묵했다. 이어서 구상규가 물었다.

“언제 돌아올 건데?”

“왜? 나 보고 싶냐?”

“아니, 끊자. 미친놈아. 또 섬 따라가지 말고.”

구상규가 통화를 끊었고 잠시 후 기영수에게서 톡이 들어와 보니 전화번호가 적힌 문자가 들어왔다.

000-0000-0000

걔 무슨 보험 하나 봐. 그래서 전화했대.

어디서 봤는데, 복수와 농담은 때를 잘 맞추는 게 중요하다더라.

빌어먹을 내 인생에 복수하고 싶었는데 생각대로 잘 망가지고 있는 중이야.

넌 때맞춰 농담 잘해봐. 많이 참았잖아?

미친놈.

우리 내기할까? 네가 먼저 날아가나 내가 먼저 날아가 버리나.

4.

그날 신애는 도대체 누구를 찾아온 것일까?

그 모든 일은 바로 신애가 구상규의 방 창문을 두드리는 순간부터 시작되었다.

똑똑똑

상당히 늦은 시간이었는데 밤 열 시가 넘었을 것이다. 늘 그렇듯 처음에는 기영식인 줄 알았다. 전혀 예상치도 못했던 일이었다.

열린 안쪽 창문 사이로 보니 뜻밖에도 신애가 서 있었다. 구상규는 신애가 자신의 집, 그것도 창을 알고 있다는 사실에 놀랐다. 구상규의 방은 기영수가 그런 방식으로 자주 눌어붙어 있다가 가곤 했다.

기영수의 새어머니는 끊임없이 기영수를 밖으로 내몰았다. 새어머니의 입김에 따라 기영수의 밤은 아버지의 폭행 때문에 지옥이 되었다. 그는 방학 때면 아버지의 공장 현장에 가서 일하다 저녁에 돌아오곤 했는데 잘 시간이 되면 상규의 방에 와서 자고 가는 경우가 많았다.

기영수는 집으로 들어가려 하지 않았다. 그래서 자주 구상규의 방 창문을 두드렸고 그것이 신호가 되어 구상규는 그의 집 대문을 열어주곤 했다.

구상규의 집은 널찍한 마당이 한가운데 있었고, 그는 안채와 동떨어진 현관문 옆의 별채 문간방에서 지냈다.

가을학기에 접어 들고난 뒤였고 다음날 일찍 일어나 학교에 가야 했다.

그의 가족들 모두가 안채 깊숙한 곳에서 잠들어 있을 때였고 그보다 일곱 살이나 많은 형은 들쑥날쑥한 생활을 하고 있었다. 그는 사춘기를 지내면서 외따로 뚝 떨어진, 한때 형의 방이었던 문간방에서 주로 담배를 피우거나 만화를 보며 시간을 보내고 있는 중이었다.

신애가 창문을 두드렸을 때 커튼 너머로 비친 그녀를 처음에는 선뜻 알아볼 수 없었다. 검정 계열의 몸에 붙는 교복 스커트 차림이었고 위에는 노란 티셔츠, 그리고 짧게 자른 머리를 하고 있는 그녀를 겨우 알아본 뒤에도 무언가가 잘못되었다는 것을 눈치채지 못했다. 그저 조금 놀랐을 뿐이었다. 발소리를 죽여 대문을 열고 식구들 몰래 그녀를 방에 들이고 난 뒤에야 그는 그녀가 평소의 모습이 아니라는 것을 알 수 있었다.

그녀는 그를 따라 주춤거리며 그의 방에 들어오자마자 아무런 말도 없이 자신이 두드린 그 창문 바로 밑으로 가서 동그란 실뭉치처럼 몸을 몹시도 작게 말아 쪼그리고 앉았다. 무릎을 세우고 등을 말아 무릎 위에 팔을 감고 그 위에 머리를 푹 파묻은 뒤 아무런 말도 움직임도 없었다. 세상을 향해 침을 세우고 가만히 있는 고슴도치 같았다. 어찌나 완강한 모습이었는지 그는 감히 한마디의 말도 꺼낼 수가 없었다.

그는 한동안 그녀가 이 상황을 설명해 주기를 기다렸지만, 그녀는 끝내 아무 말도 없었다. 그것이 당황스럽고 또 한편으로는 그를 화나게 했다. 뭐, 이런 게 다 있어, 남의 방에 들어와 저렇게 뻔뻔스럽게 설명도 없이 앉아 있다니, 그렇게 속으로만 투덜거리다가, 나중에는 이도 저도 귀찮아졌기 때문에 마치 그녀가 없는 듯 행동했다. 그는 책상 위로 올라가 보던 책을 계속 보았고, 동영상을 보며 낄낄거렸고 잠시 후 졸음이 밀려오자, 그는 잠을 자기 위해 책상 위에서 내려왔다. 그때까지도 신애는 처음 앉았던 자세 그대로 앉아 있었다.

"야."

그는 신애에게로 다가가 어깨를 흔들어 보았다.

그래도 꿈쩍도 하지 않았다. 그는 더 세게 흔들었다.

"야. 정신애."

그러자 신애가 갑자기 흐트러지며 훅훅, 흐느끼는 소리가 들려왔다. 신애는 잠시 풀리는 매듭처럼 흐트러지는가 싶더니 다시 그 자세 그대로 얼굴을 무릎에 묻었다. 그렇게 흐느끼다 또다시 잠잠해졌다.

그는 기분도 상한 데다 어찌할 바를 몰랐기 때문에, 우선은 제풀에 풀릴 때까지 신경 쓰지 않으리라 생각하고 그대로 내버려 두기로 했다. 하지만 영 신경이 쓰이지 않는 건 아니었다. 그러나 눈꺼풀이 무거워지고 도저히 뿌리칠 수 없는 잠이 몰려와 그는 잠이 들어버렸다. 그리고 얼마나 잤는지, 그가 눈을 떴을 때는 깜깜했다. 잠들기 전에 불을 끄고 잤든가 생각하며 신애가 앉았던 자리를 바라보았다. 신애는 그대로 그곳에 박힌 듯이 머리를 무릎에 두고 있었다. 어둠 속에서 그대로 굳어버린 것처럼 보였다. 아마도 불은 신애가 끈 듯했다.

그곳에 그대로 앉아있는 신애를 확인하자 그는 잠이 확, 깨어버리는 것 같았다. 이제는 자신이 너무 무심했다는 생각마저 들었다. 처음에는 예상치 못한 완강함에 재수 없다는 생각이 들더니 자신이 잠든 사이에도 그렇게 웅크리고만 있는 신애가 조금은 불쌍하게 느껴졌기 때문이었다.

그는 신애에게로 다가가서 다시 흔들었다.

"야, 편하게 자."

그래도 신애는 꼼짝하지 않았고, 대답조차 없었다.

"너, 왜 그래, 괜찮아?"

"이대로 있다가 갈게."

신애가 여전히 얼굴을 무릎에 묻은 채 움직이지 않고 대답해 왔다.

"무슨 일이야?"

"그냥, 그냥 내버려 둬 줘. 오늘 하루만 있다 가게 해 줘."

신애는 절망한 듯 다시 무릎 위에다 머리를 떨어뜨렸다.

구상규는 불을 켰다. 조금 느리다고 소문난 형광등은 몇 번 깜빡이더니 화들짝 깨어났다. 구상규는 다시 신애가 앉아 있는 쪽으로 다가가서 그녀의 머리를 들어 올렸다.

"머리 좀 들어봐."

신애의 얼굴은 엉망이었다. 언제 말랐다가 다시 젖었는지 눈물이 범벅이었고 머리칼도 흐트러져 있었다. 게다가 입 주위는 터져 입술이 울퉁불퉁했고, 두 눈은 발갛게 충혈되어 눈꺼풀이 부풀어 올라 있었다. 두 눈동자가 잠시 흔들리는가 싶더니 그에게 잠시 머물다가 다시 눈물이 어디선가 솟구쳐 나와 고이고 있었다.

그는 그녀의 얼굴을 들어 올려 그 울퉁불퉁한 입술을 검지로 살짝 눌렀다. 아플 것 같아 저절로 눈이 찌푸려졌다.

"왜 이러고 다녀? 바보냐?"

그는 자기 행동에 스스로 놀랐고 곧이어 못 볼 걸 본 듯이 그 얼굴을 놓았다. 신애의 얼굴이 다시 그녀의 무릎 위로 떨어졌다.

신애는 다시 무릎 위에 얼굴을 묻고는 흐느꼈다.

"야, 인제 그만 울어."

그는 잠시 어찌할 바를 몰라 하며 머뭇거리다가 신애를 달래주려 했다. 달리 아무것도 생각이 나지 않았다. 지금의 신애에게 자신이 해줄 수 있는 것은 아무것도 없는 듯했다.

잠시 후 신애는 갑자기 생각난 듯 중얼거렸다.

"기영수는 어딨어? 안 왔어?"

신애의 그 말에 구상규는 얼음처럼 굳었다. 잠시 머뭇거리다가 구상규는 짜증스러운 목소리로 겨우 말할 수 있었다.

"모르지. 올지 안 올지. 늘 지 맘대로니까. 계속 기다릴래?"

그는 빈정이 상했다. 그러나 내색하긴 싫었다. 잠시 후 그는 벌떡 일어서서 잠시 머뭇거리다 자신의 책상 앞에 앉았다. 그가 어떻게 하든 신애는 고집스럽게 창가 침대 밑에 쪼그리고 앉은 머리를 숙이고 있었다. 그 상황이 너무도 짜증스러운데 딱히 도망 가 있을 곳도 없었다.

그의 마음속에 깃들었던 안타까운 마음은 이미 연기처럼 사라지고 없었다. 그리고 신애의 연약하고 못난 모습에 알 수 없는 미움이 꿈틀거렸다.

그래서 구상규는 자신의 책상 앞에 앉아서 눈에 들어오지도 않는 책을 들여다보면서도 신애를 무시하려 했다.

신애는 여전히 구상규의 침대 밑에서 두 무릎을 세우고 그 위에 얼굴을 묻고 꼼짝도 하지 않았다.

한동안 둘이 내기라도 하듯 서로를 무시하며 꼼짝도 하지 않았지만, 새벽 2시쯤 되었을 때 구상규는 될 대로 되라는 심정으로 자신의 침대로 갔다. 그는 여전히 꼼짝하지 않는 신애의 뒤통수와 뒷 목덜미를 잠시 노려보다가 자신의 이불을 신애의 몸 위에 덮어버렸다.

저녁이면 날씨가 좀 쌀쌀해지기는 했을 것이다. 그러나 그것보다는 그러고 있는 신애의 꼴을 보기 싫어서일 것이다.

구상규는 피곤한 상태였지만 막상 잘 수는 없었다. 신애가 신경 쓰였다. 편하게 해주고 싶긴 했지만, 여전히 그의 마음 한구석에서는 그녀에 대한 꼴도 보기 싫은 미움과 짜증스러움이 솟았다.

자는 것도 아니고 깬 것도 아닌 상태에서 얼마나 지났을까. 그는 설핏 잠이 들었다.

맥락도 없이 무언가 조심스럽게 부시럭거리는 소리가 들려 그는 잠에서 깨어났다. 신애 쪽이란 것을 잠시 후 알 수 있었다. 그러나 그는 눈을 뜨고 그녀를 볼 생각을 하지 않았다. 깨어 있는 척도 하기 싫었다. 신애는 무얼 하는지 한참을 부스럭거리더니 문을 살며시 열고 밖으로 나가는 소리가 들렸다. 그녀가 방에서 나가자, 그는 눈을 떴고 창 쪽으로 눈을 돌렸다.

새벽의 어슴푸레한 푸른 빛이 감돌고 있었다. 잠시 후 그는 침대 옆의 조금 열려 있는 창문을 조금 더 열고는 어슴푸레하게 새벽안개 낀 창밖을 보았다.

아직 어둠이 가시지 않은 골목길을 약간은, 기우뚱거리는 걸음으로 신애는 걸어가고 있었다.

그녀가 가버리고 나자, 그는 조금 아쉬운 마음으로 텅 빈듯한 방안을 둘러보았다. 저렇게 얌전하게 자신의 눈앞에서 사라질 줄 알았더라면 조금만 더 친절하게 대해줄걸. 더 편하게 재워줄걸. 그런 생각을 했다. 그녀가 앉았던 자리에는 그가 덮어주었던 자신의 이불이 얌전하고 가지런하게 개켜져 있었다.

그날 구상규는 그녀가 집으로 돌아갔을 거라고 생각했다. 그녀 의붓아버지의 눈을 피해, 아무 일도 없었다는 듯이, 아픈 어머니 곁으로 돌아가 있을 거라고 그는 생각했다.

그러나 그날 신애는 집으로 돌아가지 않았다. 학교도 나오지 않았다. 그들이 졸업할 때까지 그녀는 학교로 돌아오지 않았다. 그녀는 사라졌고 그 뒤에는 축축한 회색 안개처럼 나쁜 소문이 떠돌기 시작했다.

신애의 아버지가 신애를 쫓아냈다는 것과 그녀의 교복과 책, 책가방 따위는 모조리 찢어버렸다고 했다. 그리고 그녀와 친한 친구들 몇몇의 집을 그녀가 찾아왔다는 소문도 들려왔다.

어디서 어떻게 다니는지, 친한 친구들의 집을 찾아다니며 며칠 머물 수 없느냐고 묻고 다닌다는 것이었다.

나중에는 몇몇 남자아이에게도 찾아와 돈을 빌려달라고 했다는 소문도 들려왔다.

그때부터 기영수는 신애에 대해 분노를 터트리곤 했다.

곱슬머리에 조금은 소심하고 고집이 세어 보이는 외모를 가졌지만, 기영수는 까다롭거나 괴팍하지 않았다. 인간에 대해서도 그리 까다롭지 않은 그가 신애에 대해 냉소적으로 변해 갔다.

아마도 신애가 그 친하지도 않았던 다른 친구들의 집을 찾아갔어도 그에게 오지 않았다는 사실에 화가 난 듯도 했다. 그리고 그는 자주 구상규에게도 신애가 찾아오지 않았느냐고 묻곤 했다.

구상규 또한 한동안 소문이 아무리 나빴어도 신애를 기다린 적이 있었다. 하지만 신애는 그 뒤 그의 눈앞에 오랫동안 나타나지 않았다.

"아마 온 동네를 한 바퀴 다 돌았을걸. 우리만 빼고. 우린 왕따야. 알아?"

신애가 퇴학 처리되고 난 뒤의 일이었다.

기영수는 신애의 일로 화가 나 있는 상태였다.

"왜, 그 경식이네들 있잖아. 두 녀석이 자취 비슷하게 하면서 껄렁껄렁하게 다니던 패거리들. 두 녀석, 재미 봤다고 한동안 시시덕거리며 돌아다니던걸. 게다가 계집애들 집에도 상당히 돌아다녔나봐. 그런데 신애를 재우고 난 뒤면 꼭, 무언가가 없어졌다고, 도둑년이라고 걔들 사이에도 소문이 아주 나빴어. 나도 이제 포기할 거야. 더 이상 그 기집애 어떻게 되든 상관 안 할 거야."

기영수는 또다시 말이 많아지고 있었다.

그는 아무런 말도 하지 않았다. 그런 기영수가 문득 진지한 표정으로 그의 표정을 유심히 들여다보았다.

"그날 무슨 일이 있었던 거야?"

드물게 아주 진지하고 낮은 목소리였다.

"뭐가?"

구상규는 그의 진지함을 아는 체하기가 싫었다.

"그날 새벽에 신애가 너희 집에서 나오는 거 다 봤어."

"뭐?"

구상규가 말을 잇지 못하자 기영수의 목소리가 조금 높아졌다.

"넌 왜 아무런 말이 없는 거냐고?"

그래도 역시 그는 할 말이 없었다.

"무슨 일이 있었기에 신애가 널 찾아오지 않는 거냐고? 넌 찾아와야 하는 거 아냐? 안 그래? 니가 시작이잖아."

"그건 아냐."

구상규는 무심코 말했다.

"그럼, 뭔데?"

기영수의 목소리가 높아지고 있었다.

구상규는 벌떡 일어서서 걸어가 버렸다.

신애가 그를 찾아오지 않는 이유?

구상규는 여전히 꼬여 있었다.

어쩌면 다시 물어야 하는 것인지도 모른다. 기영수에게 그동안 물어보지 못했던 말이었다.

5.

"안녕."

열린 창밖에서 꿈결에서인 듯 목소리 하나가 넘어왔다.

그런 일들이 있고 난 후 계절이 지나 있었고, 여름이었다. 그리고 방학 때였다.

그는 고등학교 삼학년이었는데도 학교에 특별 수업을 가지 않고 있었다. 그는 지루한 학창 시절을 방치하고 있었다. 시간이 뭉개져버리기를 바랐다.

기영수는 더 이상 구상규네 집으로 오지 않았다. 그의 집에 있는 것 같지도 않았다. 이제 밤마다 스쿠터를 타고 여기저기를 떠돌아다녔다.

그날도 그는 만화를 빌려와 교재와 같이 나란히 펼쳐놓고 들여다보는 중이었을 것이다.

집에는 아무도 없었다. 그러나 곧 그들이 오리라는 것

을 그는 알고 있었다. 오후 다섯 시쯤이었을 것이다. 집에 없다시피 한 아버지와 시장에서 늦게 돌아오는 어머니는 그렇더라도, 놀러 다니기에 바쁜 여동생은 언제 들이닥칠지 몰랐다.

그는 창에서 조금 떨어진 그의 책상 위에 앉아 있었다.

똑, 똑, 똑

낯익었고 또 이제는 낯선 소리가 들려왔다.

처음에는 그 소리가 비현실적으로 들렸기 때문에 무시했다. 그냥 창밖을 떠돌아다니는 소리들 중의 하나라고 생각했다. 더 이상 창문을 두드려올 사람이 없었다.

"잘 있었니?"

다시 또 그 조용하고 힘없는 목소리가 날아 들어오고 그가 창 쪽으로 머리를 돌리자, 하나의 얼굴이 창으로 들어왔다.

바글바글 파마머리를 한 어떤 여자였는데, 첫눈에도 몹시 엉성하고 어울리지 않게 화장을 하고 있어서 나이가 많은 동네 아줌마인 줄 알았다. 사자머리를 한 붉은 도깨비 같았다. 그런데 자세히 보니 아는 얼굴이 좀 남아 있었다. 신애였다. 인간의 얼굴이 그렇게 달라지는 건 처음 보았다. 그는 어처구니가 없어서 웃음이 나오려는 것을 간신히 참았다.

"어이."

그는 그렇게 말하며 의자에서 일어나 창 쪽으로 다가갔다.

"어떻게 지냈어?"

"어, 응. 그냥."

신애는 얼버무렸다.

창밖으로 내다본 그녀의 차림새는 더 우스웠다. 몸에 꼭 달라붙는 청바지에 얼룩덜룩한 티셔츠 차림이었다. 옷차림도 이상했지만, 더 어울리지 않는 것이 신발이었다. 검은 슬리퍼를 신고 있었는데 굽이 굉장히 높았다. 그걸 끌고 다니는 건 지구의 거죽을 모조리 끌고 다니는 것과 맞먹을 것이다. 그녀는 몹시 피곤한지, 한 손으로는 창틀을 짚고 벽에 기댔다.

그러나 그는 꼼짝도 할 수가 없었다. 끝없이 망설였고 낯설었고 두렵기도 했다.

그는 그녀에게 집 안으로 들어오라고 하지 않았을뿐더러 밖으로 나가지도 않았다.

어쩌면 동네 사람들의 눈을 의식하고 있었고, 더더구나 식구들이 불시에 들이닥칠 수도 있는 시간대였다.

그가 아무 말도 없자 이윽고 그녀가 몹시 작은 목소리로 말했다.

"여전하구나."

그렇게 말하는 그녀의 얼굴은 급속히 생기를 잃어갔는

데, 모래바람과도 같은 실망 때문에 허물어질 것 같은 표정을 짓고 있었다.

그는 대답하지 않았고 제법 긴 침묵이 지나갔다.

“너, 혹시, 돈 좀 있니?”

그는 좀 어이가 없었을 것이다. 그래서 책상 위의 책들 사이에 숨겨 놓은 담배와 깡통을 집어 담배를 피워물었다.

“얼마나?”

“얼마 있어?”

잠시 그녀의 얼굴에 생기가 도는 듯도 했다. 그는 그것이 싫었다. 얼마 정도여야 그녀에게 어처구니없지 않을까 고민하던 참이었는데 그녀의 생기 띤 얼굴이 너무 노골적이었기 때문이었다.

“지금은 없는데.”

가장 쉽고 간단한 대답을 그는 짧게 말했는데 그건 어느 정도는 사실이었다. 그에게는 생활비 카드는 있어도 현금은 없었다.

자신이 가지고 있던 돈을 털어 먼 곳의 슈퍼로 가 담배를 사 왔기 때문에 수중에는 몇천 원밖에 없었다. 그러나 그보다 훨씬 영악한 여동생이 어디에 비상금을 숨겨 놓는지 알고 있었기 때문에 그녀에게 주고 싶었다면 찾아줄 수도 있는 돈은 있었다. 아마 번거롭게도 온 집안을 뒤진다면 10

만원 정도는 나올 것이었다. 그러나 그날은 그러기가 싫었다. 일단 그녀를 반짝이는 기대 속에서 창밖에 세워두는 것이 싫었다.

아마도 동네를 떠돌았던 나쁜 소문과 기영수의 말을 기억하고 있었기 때문이었을 것이다. 나와 기영수도 너의 자존심에서 버렸니? 아니 기영수는 남겨두었을까?

"만원도 없어?"

그녀는 창 쪽으로 몸을 기울였다. 그러나 그는 모질어지는 마음으로 머리를 저었다.

"없어."

너무도 쉽게, 기다렸다는 듯이 그의 입에서 없다는 말이 나오자 그녀의 얼굴에는 잠시 망연한 표정이 스쳤다. 그녀의 얼굴에 찌든 피로가 새록새록 피어나고, 연이은 낙담으로 연기처럼 기대가 흩어져 사라져가는 것을 지켜보면서도, 그는 망설이는 마음과 아릿한 통증과 싸웠다. 그러면서도 무엇인가가 떨어져나가는 듯한 가벼움도 동시에 느껴졌다. 알 수 없는 일이었다.

그녀는 잠시 더 그렇게 그의 창에 기대고 있더니 이윽고 결심한 듯 말했다.

"나 이제 가볼게. 잘 있어."

그는 그래도 아무렇지도 않은 척하고 있었다.

"그래, 잘 가."

그러면서도 그녀는 머뭇거렸으나 끝내 그의 표정이 바뀌지 않자 천천히 뒤돌아섰다.

힘없이 느리게 돌아서더니 언젠가처럼 약간 뒤뚱거리는 걸음으로 무거운 슬리퍼를 질질 끌며 멀어져갔다.

그는 오래 지켜보고 있지도 않았다. 창문을 탁, 닫아버리고 자신의 책상 앞으로 돌아갔다. 그러나 마음은 이대로 곧장 뛰어가 그녀를 붙잡아 다시 데려오거나 집구석을 뒤져 돈이라도 쥐여주어야할 것인지 망설이고 있었다. 그러나 그것은 마음뿐 몸은 끝내 꼼짝도 하지 않았다. 그 오래가지 못할 값싼 호의로 무엇을 할 수 있을까, 생각했다.

그는 다시 책상으로 돌아가 책을 들여다보았다. 그러나 하나도 눈에 들어오지 않았다. 처음에는 자신을 붙잡고 있던 무언가가 끊어져 나가서 가뿐한 느낌이 들었다. 그런데 곧 다시 어떤 아쉬움이 느껴졌다. 그 아쉬움은 아주 오랫동안 그의 마음속에 눌어붙었다.

그녀가 그렇게 빨리 돌아서 가버리자, 그는 알 수 없는 실망감과 서운함을 느꼈다. 그동안 그녀가 겪었을 모진 시간들이 더 아프게 다가왔다. 그렇게 빨리 체념하다니. 너도 그럴 줄 알았다는 듯이, 그녀는 그동안 얼마나 많은 사람들에게 버림받았기에, 그렇게 순순히 체념해 버리는 것일까.

바보 같은 계집애, 하고 욕지기가 치밀었다.

왜 눈앞에 있으면 죽어라고 밉다가 눈에서 보이지 않으면 이리도 아쉬운 것인지, 정말로 모를 일이었다.

그래, 어디론가 가버려라. 다시는 내 눈앞에 나타나지 마라.

3부

메두사

1.

진선아의 직장으로 전화도 없이 찾아간 것은 아침 10시가 지난 시간이었다.

그는 지난 열흘 동안 신애를 기다리며 전화를 넣고 문자도 보냈지만, 신애는 전화를 받지도 않을뿐더러 문자도 읽지 않았다. 그렇다고 병원으로 가는 것도 탐탁지 않았다. 하지만 그의 인내심도 바닥나 이제는 남편의 병원이라도 가고 싶어졌다.

그는 진선아에게 전화를 넣었는데, 진선아는 당분간 바쁘다는 말과 함께 뭔지 미지근한 반응을 보였다. 무례한 짓이었고 무모한 짓이었지만 그런 식으로라도 무언가 눈으로 꼭 확인하고 싶어졌다. 신애에게로 가는 가장 쉬운 방법이 진선아를 만나는 일이었기 때문이었다.

보험회사 건물은 아주 낡은 4층 건물이었는데 외벽

이 목욕탕처럼 갈색 타일들로 꾸며져 있었다. 사무실은 3층에 있었고 승강기가 없어서 좁고 낡은 회색 계단을 올라가야 했다. 마치 90년대의 다방을 찾아가는 듯한 기분이었다. 무슨 무슨 생명보험이라고 적혀 있는 유리문을 밀자 널찍한 사무실에 커다랗고 낡은 철제 책상들과 의자들이 눈에 들어왔다.

"어서 오세요, 어떻게 오셨나요?"

사무실로 들어오는 그를 발견한 젊은 여직원이 웃으면서 친절하게 물었다. 사무실에는 여직원 혼자 있는 듯했다.

"저, 진선아씨를 찾아왔는데요."

구상규는 그렇게 말했다.

"소장님, 지금 외출 중인데, 약속하고 오셨나요?"

구상규는 약간 실망하였다.

"아뇨."

그가 그렇게 말했음에도 정장 차림의 젊은 여자는 전혀 표정에 변화 없이 밝게 웃으며 말했다.

"그럼, 잠깐 앉으시죠. 소장님 멀리 가시지는 않으셨거든요. 제가 전화를 드릴게요. 누구시라고 전해드릴까요?"

"구상규라고 합니다만."

여직원은 구상규가 앉은 소파 너머의 책상으로 가더니 수화기를 들고 번호를 눌렀다. 잠시 후 저쪽에서 전화를 받았는지 기울였던 머리를 들고 창 쪽으로 눈길을 보냈다.

"소장님, 저예요. 언제쯤 들어오실 거예요? 네. 저 여기 손님이 와 계시거든요. 구상규씨라는 분입니다만."

여직원은 잠시 저쪽에서 하는 말을 주의 깊게 듣는 것 같더니 수화기를 내려놓았다. 20대 후반쯤 되어 보이는 여자는 주저함이 없었고 쾌활했다.

여직원은 구상규 쪽으로 돌아보더니 웃는 얼굴로 말했다.

"잠시만 기다리시래요. 한 10분쯤 지나면 들어오신답니다. 차 한 잔 드릴까요? 커피로 드릴까요?"

"네. 고맙습니다."

그는 책상들 사이의 창가 쪽 소파에 앉았다. 잠시 후 여직원은 그에게 커피를 가져왔다.

"여기 혹시 영업직원 중에 정신애씨라고 있나요?"

"정신애씨요?"

여직원은 잠시 생각하는 듯하더니 말했다.

"아니요. 그런 사람 없는데요."

그렇게 말하더니 구상규의 표정을 살폈다. 처음으로 어딘지 망설이는 표정이 되었다.

"여기 근무한 적은 없을까요?"

"지금 근무하고 있는 사람은 확인해 드릴 수 있지만 예전에 있었던 사람은 너무 많고 저도 확인해드릴 수 없습니다."

“네. 알겠습니다.”

여직원은 이제 자신의 책상에 가서 앉았다.

구상규는 여직원이 갖다준 커피믹스를 마시면서 핸드폰으로 검색을 하면서 시간을 보냈다.

20여 분이 지나자, 연보라색 투피스 차림인 진선아가 사무실로 들어왔다. 하얀색 봄 스카프를 감고 있었다. 어딘지 쉰 듯한 목소리로 그에게 잠시 기다려달라는 부탁을 하고는 여직원에게로 갔다. 그녀는 그날의 일정에 관한 보고를 듣는 것 같더니 구상규가 앉아 있는 쪽으로 돌아왔다.

“오래 기다리셨죠?”

“아뇨. 괜찮습니다.”

“그럼, 잠시 근처로 같이 나가실까요?”

여직원에게 오후에 들어오겠다는 말을 남기고 진선아는 구상규와 함께 밖으로 나왔다.

진선아는 그녀의 빨간 경차에 상규를 태우고 해안가의 6차선 도로를 달리다 어시장 방면으로 향하는 4차선 도로로 접어들었다.

얼마 지나지 않아 어시장의 버스 승강장부터 쭉 늘어선 상가 앞 난전들이 눈에 들어왔고 그들은 상가 뒤쪽 이면 도로로 들어갔다.

한낮의 어시장은 물건들과 상인들로 활기차게 느껴졌

지만 정작 손님은 별로 없는 듯했다.

바다 쪽으로 접어들자 바람이 많이 불었다. 바다가 없는 내륙의 어느 도시 쪽에서 온 관광버스가 한 대 서 있는 것이 보였고, 거기서 내린 듯한 사람들이 한 무리씩 회센터에서 나오며, 일상에서 놓여난 유쾌함으로 바다를 곁눈질하는 것이 보였다.

횟집 거리와 해물탕과 찜 집들을 지나니 길바닥은 질척해지고 공기에서는 비릿한 냄새가 풍겼다. 곧이어 빨간 고무통 속에 수많은 물고기와 조개류며 괴상하게 생긴 바다생물들이 담긴 수족관을 지나자, 해안가와 그 너머 조그만 배들이 서 있는 방파제가 나왔다.

그곳이 바로 안개가 올라오는 그 바다였다. 가까이 와서 보니 유쾌한 사월의 햇빛이 쏟아지는 바다는 그동안 그가 생각했던, 그 우중충하고 안개 낀 구름의 바닥이 아니었다. 육지의 끝이었고, 수많은 가게와 사람들로 북적였다.

진선아는 하역장 끝 공용주차장에다 차를 세웠다.

하역장 입구에는 철문이 닫혀있었다. 그 앞에서 두 남녀가 서서 바다를 구경하고 있었다.

건너편 공단 앞에는 자동차 수송선이 떠 있었고, 이쪽 선착장에는 카페리호가 정박해 있었다. 중간쯤에서는 바지선이 크레인과 포크레인을 싣고 매립 공사를 하고 있었다.

“사무실에서 커피는 드셨을 거고, 아직 식사하기에는 빠른 시간이죠?”

진선아가 침묵을 깨고 그렇게 물어왔다.

“그렇네요.”

“그냥 바닷가 바람을 쐬는 게 나을 것 같아서 이쪽으로 왔어요. 괜찮겠죠?”

“전, 좋습니다.”

구상규 또한 카페 같은 곳에 앉아 있는 것보다는 낫겠다는 생각이 들었다.

그들은 바다로 나가 방파제까지 말없이 걸었다.

방파제 안쪽에는 작은 배들이 묶여 삐거덕거리고 있었는데, 대부분이 발동선이거나 쾌속정이었다. 대부분이 상가의 횟집 배인지 상가 앞에는 여기저기 자물쇠로 채워진 뗏목식의 접안시설들이 있었고 파도에 단조롭게 흔들리고 있었다.

새벽이면 저 배들을 타고 나가 고기를 잡아 오는 횟집 주인들을 상상하자, 그는 어쩔 수 없이 기영수를 떠올렸다. 그는 날마다 바다를 배경으로 고기를 잡고 자신의 작은 배나 돌보며 살아도 될 것이다. 아주 가끔 낚시 손님들을 태우고 바다로 나가기도 하면서 그렇게 천천히 기영수는 늙어갈 수 있을까.

그들은 방파제 쪽으로 걸어갔다.

'ㅜ'자형의 방파제 양쪽 끄트머리에는 흰색과 빨간색의 작은 등대가 서 있었는데, 그들은 오른쪽 빨간 등대 쪽으로 갔다. 바닷물 색깔은 녹물처럼 시뻘건 색깔이었고 물이 많이 빠져 있었다. 방파제 바깥은 대양에서 밀려온 거센 바람과 위협적인 파도가 있었고 방파제 안쪽은 꿈결인 듯 조용한 파도와 작은 배들과 어디선가에서 떠밀려 온 부표며 쓰레기들이 군데군데 모여 있었다.

갈매기는 하늘에서 빙빙 돌며 먹을 것에 눈독을 들이고 있었고 어울리지 않게도 비쩍 마른 비둘기 한 마리가 방파제 끝에서 끝까지 또 계단 위에서 아래까지 왔다 갔다 하며 머리를 쫑긋거리며 바쁘게 돌아다녔다. 방파제에는 혼자서 소주를 기울고 있는 남자와 손을 잡고 걷는 연인도 있었고 낚시를 하는 사람도 있었다.

"모처럼 바다로 나오니까 좋네요. 여기 온 적 있으세요?"

"신애랑 밤 산책은 가끔 다녔지만 여기 방파제까진 처음입니다."

그가 눈을 가느스름하게 뜨고는 저 멀리 바다 끝 쪽 수평선을 바라보며 말했다.

"밤에 보아선지, 언제나 안개가 피어오르는 고요한 바다라고 생각했습니다."

"그래요?"

"생각보다 활기차네요. 그러면서도 여기 등대가 있는 방파제 끝에 서서 보니 바다가 절벽처럼 느껴지네요."

"흥미롭군요."

진선아는 그의 옆에 나란히 서서 바다 저 너머 수평선 쪽을 바라보았다. 그러더니 머리를 끄덕였다.

"막다른 곳처럼 느껴질 수도 있겠네요."

진선아가 혼잣소리로 중얼거렸고 그런 그녀를 구상규는 힐끗 바라보았다. 한낮의 햇빛과 그늘이 그녀의 얼굴에 덧씌워져 가면처럼 굳어 보였다.

"실제로 바다는 막다른 곳이니까요."

잠시 후 구상규는 방파제의 가운데로 다시 걷기 시작했다.

진선아가 다가오기를 기다리며 그는 멈춰서서 배들이 정박해 있는 안쪽 바다를 내려다보았다. 황갈색으로 불길해 보이는 물 위에 하얀 비닐 쓰레기 같은 것들이 떠 있는 것이 보였다.

"신애씨에게서 연락은 왔나요?"

"아뇨. 안 왔어요."

구상규는 거기까지 대답하고 자신도 궁금해서 물었다. 이 여자를 만났을 때부터 묻고 싶었던 것이었다.

"그쪽은요? 그 뒤 신애에게 가 보셨나요?"

"아뇨. 바빠서 못 가봤어요."

"전화는 계속 꺼져 있던데........ 저만 피하는 걸까요?"

"아뇨. 저와도 통화를 잘 하지 않아요. 필요할 때만 연락해 오죠."

"이유는 아시나요?"

"아마도 이곳을 정리하고 집으로 들어갈 작정인 듯합니다."

구상규는 답답한 마음에 다시 바다 쪽으로 눈길을 돌렸다.

"생각보다 신애씨가 완강하네요. 상규씨는 신애씨를 계속 기다리실 건가요?"

방파제 안쪽 바다 위 여기저기 흰색 비닐봉지가 떠 있다고 생각했는데 자세히 보니 해파리들이다.

"지저분하군요."

해파리를 보면서 구상규가 말했다.

"오, 벌써 해파리가 보이는군요. 이맘때쯤이면 해마다 몰려오곤 하는데 올해는 빠르네요."

진선아는 의외로 해파리에 대해 알고 있는 듯했다.

구상규는 방파제의 계단을 내려갔다. 한번 건드려 보고 싶었다. 물에 떠 있는 해파리는 하얀 비닐봉지처럼 펼쳐져 있었고, 쓰레기처럼 떠다닐 뿐 생명체로서의 반응이 느껴지지 않았다.

이끌림은 호기심 때문일지도 모른다. 전혀 아름답지도 않았고, 게다가 형체조차 선명하지 않고 정체가 분명하지 않은 것, 흐물흐물하고 투명하기까지 한 해파리는 얼마나 강하고 힘이 셀까? 어디까지 견뎌내고 참을 수 있을까? 적어도 숨거나 도망가는 생존 반응은 할 수 있을까?

상규는 계단 밑 썩은 나무토막을 줍고는 물살을 저어 해파리를 가까이 밀려오게 했다. 툭툭 건드리다 반응이 없자 이번에는 건지려고 애를 썼다. 방파제의 시멘트벽 쪽으로 끌어와 건지려 했지만 무거웠고 미끄러웠고 흐물거렸다. 물의 부력이 있는데도 나무토막으로는 조금도 떠올려지지 않았다.

"해파리는 눈치가 빠르다는데, 도망가지 않네요."

언제부터 지켜보고 있었는지 진선아가 그의 등 뒤에서 말했다.

"이건 독이 없는 거예요. 이름도 제법 예쁘던데. 보름달물해파리라던가?"

"죽었을까요? 그냥 떠 있을 뿐 아무런 반응도 하지 않는데요?"

그는 옆에 있는 작은 것을 건드려 보았다. 손으로 쥐고 건져 올리는 것이 훨씬 쉽겠다는 생각이 들었다. 그러나 독이 없다지만 맨손으로 만지는 것도 싫었다. 그러면서도 그것을 건져서 낱낱이 살펴보고 싶었다. 또 다른 나무토막을 찾느라 둘러보니 누군가가 건져 올린 것인 듯 저쪽 계단에는 반쯤 녹아서 지저분하게 쪼그라들어 있는 해파리가 보였다. 이미 누군가가 해파리를 잡아 올리기에 성공한 듯했다. 아마도 낚시꾼에 의해 건져 올려졌을 것이다.

"해파리 성체를 메두사라고 하기도 하더군요."

진선아는 그런 그를 가만히 내려다보며 말했다.

"어울리는 말이죠?"

구상규는 진선아가 해파리를 끌어 올리기를 바랄까, 실패하길 바랄까 문득 궁금해졌다.

"신화에 나오는 그 뱀머리 여인?"

"네. 메두사가 뱀머리 여인으로 바뀌기 전에는 무척 아름다운 여인이었다고 하더군요."

훤히 들여다보이는데도 딱히 속이라고 할만한 그 무엇이 없다는 것이 구상규의 손을 놓지 못하게 만들었다. 아쉽게도 해파리가 미끄러져 갈 때마다, 그것이 얇은 꺼풀만 남긴 채 한 점의 물로 변해 가는 것을 보고 싶다는 간절한 욕망이 꿈틀대는 것을 느낄 수 있었다. 끈질기고 성가시고 간질거리는데, 의지와 반응조차 없는 해파리였다.

"뜰채가 있었으면 좋았을 텐데........ 무척 아쉽네요."

썩은 나무토막을 쥔 채 해파리를 바라보고 있는 그의 모습을 보고 진선아가 말했다.

그녀는 해파리와 싸우고 있는 구상규를 자신의 두 팔을 껴안고 한 계단 위에서 서서 가만히 바라보고 서 있었다.

햇볕은 따스했지만 바람은 아직 쌀쌀했다.

"다시 학산시에 가서 확인해볼까, 싶기도 합니다."

"무엇을요?"

여자는 조금 멍하니 그렇게 되뇌었다.

"기다려야 할지 말아야 할지. 하루에 몇 번이고 집 밖으로 나섰다가 되돌아오길 반복하고 있습니다."

진선아는 여전히 미동도 않고 구상규를 내려다보고 있을 뿐이다.

구상규는 여전히 신애를 기다리는 시간을 보내고 있었다.

"정말 궁금합니다. 신애는 돌아올까요?"

진선아는 아무 말이 없었다. 가만히 머리카락을 쓸어올리며 한동안은 무언가 생각에 잠긴 표정이었고 끝내 말은 해 오지 않았다.

구상규는 다시 나무토막으로 바다를 휘휘 저었다. 하얀 해파리가 너울거리는 수상쩍은 색깔의 바다는 거대한 국솥 같았다.

"끈질기시네요."

그가 뒤돌아보았을 때 진선아는 이제 무릎 위에 손을 짚고는 몸을 기울이고 바다를 내려다보고 있었다.

"간당거리는 것이 더 끌리는 거겠죠?"

진선아가 알 듯 모를 듯 애매한 말을 했다.

"살아있다는 반응이 보고싶네요. 아니면 죽어갈 때의 반응이 궁금한 건가?"

상규는 마침 조금 더 멀리 있던 가느다란 나뭇가지를 들고 와 해파리 한 마리를 막대기로 찍어 끌어 올리는 데 성공했다. 해파리는 거의 막대기에 걸리고 찔린 채 너덜너덜해져서 끌려 올라왔다. 그것을 햇볕에다 철퍼덕 펼쳐놓았다.

"와우~ 대단하네요. 해파리 낚시에 성공했네요."

여자가 한결 높아진 목소리로 가까이 다가와 해파리를 들여다보더니 기쁜 듯 물었다.

"기분은 어떠세요? 해파리 낚시에 성공했는데. 궁금함은 풀렸나요?"

"흉하네요."

물 밖으로 나온 해파리는 물에 젖은 하얀 비닐처럼 지저분했다. 내장과 촉수로 보이는 것이 조금 너울거릴 뿐 반쯤 익다만 계란흰자같이 하얀색 무정형의 단백질 덩어리로

만 보였다.

알 수 없는 아쉬움에 그는 바다에서 끌어올려진 해파리를 막대기로 툭툭 치며 이리저리 뒤적였다. 진선아는 한동안 말없이 그것을 구경했다.

"뒤적일수록 혐오감만 드네요. 바라는 반응도 없이."

"확실히 사진에서 본 아름다운 모습은 아니네요."

"아마도 원하던 게 이것이 아니었나 봅니다. 속 시원하지가 않군요."

그는 해파리가 널브러져 있는 위를 넓은 보폭으로 가로질러 건넜다. 몹시 시달리고 난 뒤처럼 피곤했다.

구상규는 해파리를 떠났고 곧 진선아도 그를 뒤따랐다.

그들은 말도 없이 각기 떨어져 방파제를 걸어서 다시 해안가로 돌아서 나왔다.

방파제 입구 앞에서 진선아가 문득 물었다.

"상규씨에게 신애씨는 어떤 존재인가요? 스쳐 지나간 과거의 사람인가요? 아니면 현재의 사람인가요?"

그녀는 말을 멈추고는 잠시 상규의 눈을 들여다보다 덧붙였다.

"신애씨는 상규씨를 예전에 알던 사람이라고 했지요."

"예전에 알던 사람이라........ 그렇겠죠. 목구멍에 걸린 가시 같은 사람일 수도 있고."

거기까지 말하고 구상규는 바다 끝을 바라보았다. 산들 사이로 수평선이 보였고 햇살 아래에서 잔물결이 반짝이고 있었다.

"신애에게 제가 어떤 사람인지, 정해진 건지, 형체가 있기나 한 건지 저도 궁금합니다."

진선아는 눈을 가느스름하게 뜨고 구상규를 바라보더니 고개를 돌려 방금 그들이 걸어 나온 방파제 쪽을 바라보았다.

"그것도 아니면 스쳐 지나간 과거의 사람이 다시 돌아온 것일 수도 있고요."

거기까지 말하고는 바람에 흐트러진 머리를 한 손으로 쓸면서 진선아는 물었다.

"그런데 왜 다시 온 거예요?"

구상규는 눈길을 진선아 쪽으로 돌렸다.

"낚싯바늘에 걸린 것처럼 그냥 넘어가지지 않았다고 해야 할까요?"

"그렇다면 상규씨는 그 낚싯바늘을 뽑든지 삼키든지 해야겠군요."

"글쎄요. 그럴 수 있었다면 그랬겠죠. 하지만 그 낚싯바늘은 제가 만든 것일 수도 있죠."

"알고도 삼킨 건가요?"

"알았어도 몰랐어도 상관없었다고 해야 할까요. 신애가 원인이라기 보다는 저의 잘못이 바늘의 정체이니까요."

두 사람은 약속이나 한 듯 나란히 주차장이 있는 쪽으로 방향을 잡았다.

잠시 후 주차장 입구 쪽이 보일 때쯤 진선아가 생각에 잠긴 목소리로 말했다.

"신애씨는 남편과 사이가 좋지 않았어요."

거기까지 말하고 잠시 깊게 숨을 들이마시더니 미련이 남는 듯 바다쪽을 바라보았다.

"죽이고 싶을 정도로 미워했어요. 한동안은 구체적으로 계획을 세우기도 했죠."

구상규는 아무런 말을 하지 않았고 별로 놀랍지도 않았다. 사는 게 힘들다면 얼마든지 그럴 수도 있겠다고 생각했다. 어쩌면 그녀가 살아오면서 남편만 죽이고 싶었을까?

"그런 낌새를 전혀 느끼지 못하셨나요?"

여자는 확인하듯 물어왔다.

"전 사실 신애의 남편이 정말 있는지 아직도 믿기지 않습니다. 신애에게선 결혼의 냄새가 전혀 나지 않았거든요. 신애에게 정말 남편이 있기는 있었던가요? 그저 혼자 살고 있다고만 생각했거든요."

"물론이죠. 집에서 나와서 살긴 했지만 엄연하게 법적

으로는 결혼상태이거든요."

여자는 확실하다는 듯 말했고 구상규는 그런 여자를 미심쩍은 눈으로 바라보았다.

"남편을 죽도록 미워했다면 떠나면 되지 않을까요?"

"글쎄요. 그 부분이 저로서는,"

거기까지 말해놓고 진선아는 망설이더니 다시 조용히 말했다.

"신애씨와는 미래에 대해서는 전혀 대화가 없었나요?"

"글쎄요. 뭐라 하자고 하기 전에 이미 그렇게 살고 있었으니까요."

구상규는 솔직하게 말했다.

"하지만 신애씨에게 전해지지 않았을 수도 있죠. 현실이 아무리 확실하다 해도 때론 따뜻한 한마디가 필요할 때도 있을 테니까요. 여름의 눈처럼 금방 사라질 것이라 해도 그것 없이 사는 건 너무 힘드니까요."

"결국 나중에 거짓말이 될 것이 뻔한데도 필요할까요?"

"그 순간만은 진실일 수 있지 않을까요? 덧없어도 그 순간의 진실은 나누면 되는 거죠. 따뜻한 스파게티처럼. 불어터지거나 식기 전에. 그 순간만이 가질 수 있는 온기 같은 것. 그건 지나간 과거가 절대 다시 가질 수 없는 거잖아요."

어쩌면, 이 말이 이 여자와 신애가 겹치는 부분일 수도 있겠다는 생각이 들었다.

신애는 그 어린 나이에도 무엇이라도 의지할 것이 필요하다고 했었다. 언젠가 누군가 옆에 있어야한다고 말했었다.

"언제부터입니까? 남편을 죽이겠다고 말한 것이?"

"확실한 것은 모르겠지만 오래된 것같아요. 하지만 적어도 상규 씨가 여기로 올 때는 계획을 실행에 옮기기 전이었죠. 얼마 전에 사고가 났으니까요."

"그걸 알면서도 절 사고 현장에 데려간 이유는 뭐죠?"

"어쩌면 신애의 브레이크가 되지 않을까, 생각했지요."

"제가 신애에게 오게 된 것을 나쁘게 생각하지 않았군요."

구상규는 혼란스러웠지만 궁금했던 것을 물었다.

"전 오히려 기뻤죠. 신애씨에게는 다른 눈이 필요하다고 생각했으니까요. 구상규씨가 신애씨의 다른 눈이 될 수 있을 거라는 기대도 했고요."

진선아는 잠시 말을 끊고 곁눈으로 구상규를 보았다.

"제가 알기로 몇 번 시도했었죠. 브레이크 파열이나 타이어 불량이나 그냥 사고였다고 하기에는 조작된 듯한 느낌이 강했어요."

여자는 그쯤에서 말을 멈추고 다른 쪽 다리에 체중을 실었다. 그러고 보니 잡담 나누듯 길거리에 서서 이야기하기에는 너무 끔찍한 내용이었고 아주 긴 이야기였다.

"처음에는 남편에 대한 분노에서 출발했겠죠. 끝까지 견디려고 했죠. 처음에는 남편의 술에다 자신의 수면제를 타기도 했다고 하더군요. 하지만 수면제가 언제 독이 되느냐는 시간문제죠. 집을 나오게 하는 게 서로에게 좋다고 생각해서 그렇게 했는데........"

여자는 거기서 잠시 말을 멈추고 눈길을 먼 곳 바다 어디쯤에다 보냈다.

"그게 집을 나와서도 일이 해결되지 않으니까 죽이는 수밖에 없겠다는 생각을 했을 수도 있지요. 가출을 했을 때는 시가의 돈을 들고 도망을 왔다고 하더군요. 그리고 얼마 전에는 이젠 지쳤다면서. 도망 다니는데도 진절머리가 난다고 이야기했어요. 그리고는 시가로 들어갔어요."

그렇게 말하고는 진선아는 구상규를 힐끗 바라보았다.

"그건 다시 모두가 위험에 빠질 수도 있다는 말이군요."

구상규가 그렇게 말했을 때 여자는 눈길을 구상규에게로 고정한 채 오랫동안 바라보았다.

"그렇죠. 하지만 구상규씨로 봐선 오히려 잘 된 게 아닐까요? 어쨌든 구상규 씨는 신애 씨에게서 벗어날 기회를 얻은 것이니까요. 게다가 신애 씨는 다 그만두고 남편에게 돌아갔으니, 파산 선고를 하든, 과거를 인정하고 다시 새 출발

하지 않을까요? 혹시 또 모르지요. 평화롭게 잘 살지. 아이도 있으니까."

여자는 그렇게 말하며 무엇인가에 걸린 듯 잠시 발밑을 쳐다보더니 두 팔을 다시 팔짱을 끼었다. 어딘지 지쳐 보이는 모습이었다.

구상규는 잠시 바다를 보았다. 저 너머 바다의 수평선 위는 고요하게 굳은 듯했지만, 가물가물 아지랑이가 일렁이고 있었다.

"신애를 멈출 수 있을까요?"

"제가 묻고 싶네요."

그렇게 말하고 난 후 여자는 팔짱을 낀 채 몸을 돌려 상규의 눈을 곧바로 쳐다보았다.

"이런 말 해도 될지 알 수는 모르겠지만, 아마도 상규씨는 떠나는 것이 좋을 거예요."

"무슨, 말씀인지?"

"신애씨에겐 빚이 많답니다. 그런 내색을 하지 않던가요?"

"아, 아뇨."

구상규는 그렇게 대답할 수밖에 없었다.

생각해 보니 사라지기 얼마 전 신애는 눈에 띄게 불안해하고 어딘가 정신을 팔고 있는 듯하긴 했었다. 누군가에게 쫓기고 있는 듯하기도 했다. 그게 다 돈 때문이었던 것일까?

"신애는, 그럼, 지금도 계속 남편 병간호를 하고 있는 중인가요? 지금 병원에 있나요?"

"아, 아뇨. 퇴원했어요."

진선아는 머리를 저으며 말했다.

"의사는 빠르다고 했지만 그 남편이란 사람이 하루종일 침대에 붙어있는 건 따분하다고 통원 치료를 하기로 했지요."

"그럼, 신애는 돌아올 생각이 없는 걸까요?"

"글쎄요. 그건 신애씨 마음에 달렸겠지요."

"혹시 신애의 시가 연락처는 알고 계시나요? 아니면 남편의 연락처라든지......."

잠시 부드럽게 풀려있던 여자의 표정이 순간적으로 굳었다. 무슨 뜻인지 알아내기라도 하려는 듯 그를 빤히 바라보았다.

"시가의 연락처는 잘 모르겠고, 남편의 연락처는 어디 있을 거예요."

여자는 망설임도 없이 자신의 가방을 열었다. 그리고 지갑처럼 생긴 명함 수첩을 꺼내더니 몇 번이나 뒤적였다.

"어디 있을 법한데 지금은 없군요. 가만있자 어디 수첩에 간단하게 적힌 것은 있을 거예요."

그러더니 다시 수첩의 주소록을 뒤지기 시작했다.

"아, 있다. 그런데 신애씨가 집을 나오기 전의 것이라서 맞을지 모르겠어요. 워낙에 직업을 자주 바꾸는 사람이라서요."

명함에는 푸른색 잉크로 옛 판화체로 찍힌 장이라는 로고와 장인테리어 장수성라는 이름과 주소와 전화번호가 적혀 있었다.

"그 가게 보상에 대한 합의는 잘 됐나요?"

그가 그렇게 말했을 때 진선아는 소리 없이 웃었다. 쓰디쓴 웃음처럼 보였다.

"글쎄요. 돈이 얼마나 나올지........ 신애씨는 아마도 그것 때문에 돌아가지는 않았을 거예요. 돌아가본들 무슨 수가 날까요?"

주차장에 도착했을 때, 여자는 태워 주겠다고 말했다. 그는 너무도 혼란스러워서 걷고 싶었기 때문에 거절했다.

"그런데 상규씨는 신애씨가 빨리 돌아오지 않는 것에 이유가 있다는 생각이 들지 않아요?"

여자는 이마에 제법 깊은 주름을 만들었다. 그럴 때면 여자는 나이가 더 들어 보였는데 아마도 살집이 없어서 그런 모양이었다. 그러고 보니 여자는 나이를 종잡을 수 없을 만큼 날씬했다.

구상규가 아무런 말이 없자 진선아는 머리를 저어 바

람에 흐트러진 머리카락을 젖혔다. 왠지 조금은 신경질적인 몸짓이었다.

"신애씨가 아이 때문에 갔다면 아마도 돌아오기 힘들 거예요."

진선아는 상규의 대답을 기다리는 듯 가만히 그를 쳐다보고 있었다. 그러나 끝내 가가 아무 말이 없자 그녀는 자신의 차 문을 열고는 자동차에 올랐다. 그리고 차 창문을 반쯤 열고는 인사를 했다.

"그럼, 이만 조심히 가세요."

2.

다시 학산시다.

네가 죽이고 싶다는 사람이 정말로 남편이니?

어디에선가 소리 없이 피고 있을 꽃을 예상하듯, 그는 어디에선가 소리 없이 열렸다가 사라져 갔을, 어쩌면 그의 평생에 한 번도 그런 곳이 있는 줄도 모르고 저절로 사라져 갔을 지상의 집들과 가게들 사이를 헤매고 있는 중이었다.

여전히 쌀랑한 바람이 불어오는 날씨였다. 그러나 햇빛은 나날이 힘을 얻고 있었다.

학산시는 큰 규모의 도시답게 잔칫집처럼 번잡하고 소란스러웠지만 그가 찾는 오래된 동네는 주위의 가게며 집들은 찌들고 움츠린 풍경 그대로였고 무엇 하나 바뀐 것이 없었다.

두 시간가량을 달려서 가게 앞에 도착해서 보니 뜻밖에

도 가게는 비어있었고, 수리 중이었다. 하지만 장 인테리어라는 간판은 아직 그대로 붙어있었다. 그 간판 때문에 그는 겨우 그 자리를 찾을 수 있었다.

구상규는 한 손으로는 운전대를 잡고, 또 한 손으로는 진선아가 준, 가게의 이름과 전화번호가 인쇄된 명함을 다시 들여다보았다.

명함에는 두어 개의 전화번호와 팩스 번호, 그리고 〈장 인테리어〉라고 적혀 있었다. 구상규는 차 안에서 건너편 가게를 바라보았다. 전화를 먼저 하는 게 나을까 망설이며 그는 한참을 그렇게 앉아 있다가 문득 아직은 가게라기보다는 세상을 향해 나 있는 구멍에 가까운 예비 가게의 위쪽을 바라보았다. 그 건물은 이층건물이었고, 가게의 자리 위에는 아직 간판이 걸려 있었다.

구상규는 가게에서 멀찍이 떨어져 있는 길 건너편의 어느 가정집 담벼락 아래 차를 세워두고 가게 안을 지켜보았다. 장인테리어라는 간판의 가게를 들여다보고 있었지만, 한낮의 가게 유리문 안은 어떤 모습인지 보이지 않았다.

가게 앞에는 벽을 부수는 소리가 요란했고 굉장한 먼지가 그곳에서 뿜어져 나왔다. 간혹 그 앞을 지나다니는 사람들이 입과 코를 틀어막거나 걸음을 재촉하는 것을 볼 수 있었다. 그때 두 남자가 다이너마이트를 설치하고 폭파라도 시킨 것처럼 밖으로 뛰어나오는 것이 보였다. 그러고는 이리저리 잠시 서성이다가 가게의 먼지가 사그라드는 것을 보고 다시 들어갔다. 그리고 그들이 들어간 가게는 다시 쿵쿵쿵, 둔탁한 소리들이 들려왔다.

구상규가 지켜보기 시작한 10여 분 전부터 저 두 남자는 저렇게 나왔다 들어갔다를 반복하고 있었다. 처음에는 호기심으로 다음에는 재미로 지켜보다가 이제는 저것을 다 고치는 데 과연 얼마나 걸릴까 생각해보았다. 아마도 사나흘이면 족하지 않을까.

잠시 후 구상규는 자신의 차에서 밖으로 나왔다. 그리고 장인테리어 쪽으로 천천히 걸어갔고 문 안을 들여다보았다. 문 안쪽에 서서 눈이 어둠에 익숙해지기를 기다리며 서 있는 동안에도 그 남자들은 구상규를 의식하지 못했다. 남자들은 가게 안쪽의 깊숙한 곳에 있는 방을 허무는 중이었다.

“저, 실례합니다.”

그가 그렇게 말했는데도 워낙 큰 소리에 단련이 되어선지 그들은 못 들은 것 같았다. 그러다 두 남자 중 키가 작고 살집이 있어서 우락부락해 보이는 남자가 그를 발견하고 손길을 멈췄다. 그러자 키가 크고 호리호리한 남자도 구상규 쪽을 보았다.

“여기 장인테리어 이사 갔습니까?”

"왜 그러시죠?"

키가 작고 우락부락해 보이는 남자가 물어왔다.

"집 배관이 말썽이라 전에 고친 적이 있어서요."

구상규는 이 두 남자가 장인테리어 사람이 아니기를 바랐다.

"아, 그러세요?"

우락부락한 남자는 생긴 것과는 달리 말투로 봐선 부드러운 편이었다. 그는 구상규 쪽으로 다가오더니 먼지 때문에 구상규를 배려하기 위함인지 밖으로 걸어 나오며 말했다.

"장인테리어 사람 저희에게 가게를 넘기고 갔어요."

"그래요? 어디 다른 데 이사를 간 건가요?"

"아뇨. 당분간 쉰다고 전부 넘기고 갔어요."

"언제쯤 넘겼어요?"

"그게 그러니까 얼마 안 되었죠. 주인이 사고가 나서 당분간 일을 못 한다나봐요. 배관공사라면 저희가 연결해 드릴 수도 있는데요."

"그래요? 알겠습니다. 그럼 생각해 보고 연락을 드릴게요."

"그러세요."

하면서 그는 자신들의 명함을 주었다. 구상규는 남자에게서 명함을 받아서 장 인테리어 건너편 골목 쪽에 주차해

놓은 자신의 차로 돌아왔다. 거기서는 길 건너 장 인테리어가 보였다.

이제는 전화를 해야만 했다.

신애의 남편 전화번호라고 진선아가 그에게 준 전화번호를 눌렀다.

그의 전화 신호음은 극히 평범한 몇 번의 신호음이 울리고 난 후 지극히 낮은 남자의 음성이 건너왔다.

"여보세요."

"장수성씨인가요?"

"네, 그렇습니다만."

"얼마 전에 교통사고가 났다고 하던데요?"

"네 그렇습니다만. 보험회사입니까?"

"아. 네."

구상규는 거기까지만 말하고 망설였다. 아마도 장수성은 보험회사 전화를 기다리고 있었던 모양이다.

"장수성씨 이름으로 여러 개의 생명보험에 가입되어 있다는 것은 아십니까?"

"네, 아마 그럴 겁니다. 우리 집사람이 보험회사에 다니거든요. 주위 사람들도 여러 개 들어있다고 합디다만. 서류 넣은 것은 어떻게 되었나요?"

"전에, 자동차 사고가 여러 번 나신 것 같은데요?"

"네, 자잘한 사고라 별로 다치는 사람도 없고, 신고도 안 되어 있을 텐데요. 사실 이번이 가장 큰 사고입니다. 남의 가게를 부숴 놓았지요."

"사고원인은 무엇이었나요?"

"그게 좀, 아리송합니다. 그냥 굉장한 소리가 나면서 무언가 터지는 것 같았거든요."

"사고 차는 누가 찾아왔습니까?"

"모르겠어요. 집사람이 찾아온 걸로 아는데요? 크게 문제는 없다고 하는데, 브레이크 쪽이 문제라고 하더라는데, 집사람이 그렇게 말하더군요."

"부인되시는 분이, 정신애씬가요?"

"정신애요? 정신애가 누구요?"

"정신애씨를 모르시나요?"

"그럼, 보상금 수혜자는 누구의 명의로 되어 있나요?"

"그야 집사람이죠. 노정자라고 보험관계 일을 하고 있어서 마누라가 다 알아서 들어놓은 거라고 하더군요."

"노정자라고요?"

"네, 그렇죠. 우리 집사람입니다만."

구상규는 잠시 혼란스러웠다. 도대체 노정자는 또 누구일까. 그가 기억하는 한 모르는 사람이었다. 그렇다면 이 모든 것이 전혀 다른 사람들의 이야기라는 것일까?

"혹시 진선아씨는 아시나요?"

"진선아요?"

상대는 잠시 생각해 보는 기미다. 그러더니 되물었다.

"낯이 익은 이름인데, 내가 아는 사람인가요?"

그 또한 말문이 막혀 잠시 그대로 있었다.

"잘 모르나요?"

"어딘지 익숙하긴 한데. 내가 알아야 하는 사람입니까?"

남자는 여전히 알 수 없는 대답을 해왔다. 머리를 다친 것일까? 한편에선 의문이 들기도 했다.

"지금 부인 되시는 분과는 연락이 됩니까?"

"자꾸만 주위에서 묻는데, 그게, 좀 곤란합니다만. 일 때문에 다른 곳에 가 있거든요."

구상규는 잠시 막막한 느낌이 들었지만 일단 자신이 알고 있는 사실만 말하기로 했다.

"사고 조사를 하다보니까요, 누군가가 고의로 사고를 낸 것이란 의심이 갑니다. 혹시 장수성씨를 해치려 하는 것은 아닐까요? 재해보상 부분에 집중되어 있는데."

저쪽 남자는 잠시 어리둥절한 듯 말이 없었다.

한참을 그렇게 있더니 되레 이쪽을 의심하는 듯 물어왔다. 그 목소리는 지금과는 달리 조금 어눌해져 있었고 자신이 없는 목소리였다.

"저, 보험회사에서 그런 것도 조사를 합니까. 실례지만 담당자분 이름이 뭡니까?"

현실은 가깝고 풍문은 믿기지 않을 것이므로 이 남자는 미심쩍어하면서도 구상규에게 그렇게 물어왔다. 구상규는 그 남자의 마음을 알 수 있었다. 구상규 또한 우선 자신의 두 눈으로 보고 있으면서도 믿기지 않기는 마찬가지였다. 그는 지금까지도 자신이 그 말, 설마에 기대고 있다는 것을 알고 있었다. 모든 것이 그의 기우로 끝나버리기를, 그의 헛된 꿈이기를 바라고 있었다.

아직 일어나지 않는 일에 대해 어떻게 말해야 하는 것일까?

"여보세요?"

저쪽에서 남자가 다시 확인해 왔다.

"장수성씨."

"네."

"조심하십시오."

구상규는 마지막 말을 남기고 통화를 끊었다. 그리고 잠시 의자에 등을 기대고 숨을 고르고 있었다. 어쩌면 신애의 남편이라는 장수성이 다시 확인 전화를 해 오지 않을까 생각했다. 그러나 10여분이 지나도록 걸려오는 전화는 없었다.

그는 정말 신애의 남편이 맞을까. 장수성은 신애를 모

른다고 했다.

오늘 그는 누구에게서, 누구의 사고를 막으려고 애쓴 것일까.

3.

"신애씨가 혼인신고 같은 말은 하던가요?"

"아뇨. 그 말은 제가 했죠."

"그쪽이?"

진선아가 물었고 구상규는 머리를 끄덕였다.

"뭐라고 하던가요?"

"비웃던걸요?"

구상규의 말에 여자는 더 이상 말이 없었고 눈길을 떨어뜨려 발밑을 쳐다보았다. 이 여자의 말은 어디서부터 어디까지가 거짓말일까.

신애는 여전히 전화를 받지 않았고 구상규는 진선아에게서 전화를 받았다. 몇 번의 통화와 만남이 있었지만, 진선아가 먼저 전화를 해온 것은 처음이었다.

진선아는 운전 도중 내내 별다른 말이 없었다. 말을 몹시 아끼는 듯한 느낌을 주었다.

이 여자와 신애는 얼마나 아는 사이일까?

그들은 다시 바다 앞에 서 있었다. 눈앞에는 크지도 작지도 않은 섬이 보였다.

"저 섬에 가본 적 있으십니까?"

구상규가 눈짓으로 지나가는 말로 묻자, 여자는 고개를 돌려, 바다 쪽을 바라보았다.

"아, 저기. 자무도. 여기 사는 사람들은 한 번쯤은 다들 가보기는 하지요. 배를 타고 갈 수 있는 가장 가까운 곳이니까요."

"신애는 마지막에 저기 놀러 가자고 하더군요."

"그래요? 신기하네요. 신애씨가 저한테도 가끔 저 섬으로 놀러 가자고 하긴 했었죠."

"그래서 신애와 놀러 갔었나요?"

"네, 한 번인가? 갔었지요. 이곳으로 막 이사 왔을 때였어요. 함께 살게 된 것을 기념 삼아 주말에 갔었지요."

진선아는 한 손에는 커피를 들고 다른 한 손으로는 머리를 쓸어올렸다. 바람이 심해서 머리카락을 자주 쓸어올렸는데도 어깨까지 간신히 닿는 샤기컷 머리카락은 금방 흐트러졌다. 진선아는 갈색 계열의 얇은 니트 재킷과 긴 스커트 차림이었다. 바람의 쌀쌀함에 비하면 옷차림은 가벼웠다.

그녀는 30대와 40대 사이의 어디쯤 있지만 나이가 가늠되지 않는 생기가 느껴졌고 옷차림이나 말투도 단정했다.

"저 섬에는 무엇이 있을까요?"

잠시 아슴아슴 떠 있는 섬 쪽을 눈을 가느스름하게 뜨고 바라보다 구상규는 물었다.

"이것저것 자주 바뀌기는 하는데 지금은 동물원이 있어요. 산책로와 카페도 있는 걸로 알고 있어요. 잠시 배 타고 가서 몇 시간 머물다 돌아오는 곳이지요."

구상규는 다시 바다 쪽을 바라보았다. 그리고 얼마 전 슈퍼집 남자가 저 섬에 대해 말했던 내용을 떠올렸다.

"누군가 그러더라고요. 아주 예전에는 땅바닥에 붙어서 하늘거리는 자운영이 안개와 함께 자욱하다고."

그 말을 비웃듯 바람은 짓궂게 느껴질 만큼 거칠게 그녀의 머리카락을 헤집었다. 그러나 한낮의 햇볕은 따가웠다. 방파제 너머의 파도는 검었고 거칠었다.

갈매기는 나른하게 하늘 위를 떠돌고 있었고 여행객이 적어 정기항로를 잃어버렸는지 얼마 전에 보았던 아주 큰 대형 여객선이 그대로 정박해 있었다.

비둘기 한 마리가 주위를 맴돌며 사람들에게서 과자 부스러기를 구걸했다. 여전히 꾀죄죄하고 비쩍 말라 있었다.

구상규는 방파제의 마지막 계단에 한참을 그렇게 앉아

있었다. 눈을 들어보니 바닷물은 어느새 급격히 들어와 그의 신발을 적시고 있는 것이 보였다. 도시의 쓰레기들이 엄청나게 밀려와 파도를 따라, 그의 발 근처에서 얼쩡거리고 있었다. 며칠 전과 똑같이 쓰레기들 사이에는 하얀 비닐봉지처럼 해파리가 물속에서 하얗게 너울거리고 있었다.

모든 것이 며칠 전과 똑같은 복사판 같았다.

진선아는 바다를 들여다보고 있더니 고개를 들고는 섬을 한번 바라보고 그에게 제안했다.

"저 섬으로 가볼까요? 오후에는 약속이 있지만 맞출 수 있을 거예요."

구상규는 바다에서 눈을 돌려 일회용 종이 커피 컵을 들고 서 있는 진선아를 바라보았다. 그리고 여자의 숨은 의도가 무엇일까 잠시 생각했다. 가족이나 연인이 아닌 별로 친하지 않은 사람과 배를 타고 가는 것은 어떤 느낌일까? 배를 타고 저 섬까지 이 여자와 가는 일이 저의가 무엇일까 의심스러울 만큼 그에게는 낯설고 특별한 제안으로 받아들여졌다.

이 여자는 신애와 얼마나 가깝게 연결되어 있을까. 이 여자가 말해준 신애라는 사람은 자신이 알고 있는 신애가 맞는지조차 알 수가 없었다. 그날 병원에서 이 여자와 신애가 함께 있는 모습을 보지 않았다면 그는 진선아가 신애를 알고 있다는 것을 믿지 않았을 것이다.

어쨌든 이 여자는 자신에게 거짓말을 하고 있는 것이 분명했다. 그것이 순도 몇 퍼센트의 거짓말인지는 알 수 없었지만, 그 모든 것이 뒤섞여 있는 것 같기도 했다.

그들은 항만 터미널 앞에서 섬으로 가는 배가 오기를 기다렸다.

평일의 터미널은 한산했고 배는 1시간 30분마다 있었다. 그들은 터미널 밖으로 나가 바다를 바라보며 시간을 보냈다.

개찰 시간이 되었을 때 어디선가 어기적거리며 모여든 서너 쌍의 중년 남녀와 대학생으로 보이는 젊은 남녀 커플들 그리고 아이들을 데리고 나온 가족들이었다. 아이들 손에는 새우깡 봉지가 들려 있었다.

배는 부글부글 바다를 휘젓고 첨벙이며 바람과 포말을 일으키며 20분쯤 달려 섬에 도착했다.

그들은 시끄러운 배 안에 있기보다 배 바깥에서 대화도 없이 바다와 파도를 오랫동안 보았다. 그리고 갈매기들이 배를 따라오며 새우깡을 얻어먹는 것을 바라보았다. 그렇게 배로 20분 정도를 달렸다.

구상규는 배에서 내리자마자 섬이 상당히 잘 정돈된 커

다란 짐승 우리라는 것을 알게 되었다. 섬 전체가 바다와 숲에 쌓인 동물원이자 놀이시설이었다. 오래되고 낡은 관공서처럼 화단이며 시설들은 잘 정돈되어 있었다.

그 섬의 입구에는 조그만 연못 같은 것이 있었고 들여다보니 물개 한 마리가 헤엄치고 있었다. 물개는 생각보다 컸고, 미끌미끌했고 눈에는 백태가 낀 듯 희미한 눈꺼풀을 가지고 있었다.

바로 코앞에 넓디넓은 바다를 두고 한 평도 안 되는 조그만 연못 속을 끊임없이 빙글빙글 날렵하게 돌고 있었는데, 그것은 헤엄이라기보다는 다람쥐가 쳇바퀴를 돌고 있는 것처럼 무료하고 심심해 보이는 일상적인 동작이었다.

"사실 오늘 아침에 빌라 주인에게서 전화가 왔어요. 새 세입자가 나타났다고 방을 언제 비우겠냐고요."

구상규는 아무런 말도 할 수가 없었다. 신애와의 연락 두절이 길어지자, 취미생활처럼 막연해지고 무뎌지고 있었다.

진선아가 그런 구상규의 얼굴을 뚫어져라 쳐다보더니 잠시 후 작게 한숨을 내쉬고는 앞장서서 산책로를 따라 걷기 시작했다. 그리고 둘은 한동안 말없이 섬 안쪽을 걷기만 했다. 산책로 초입에는 꽃이 지기 시작한 벚나무가 많았고 중턱쯤부터는 소나무가 많았다.

진선아는 아무런 말도 없이 앞서서 길을 내고 있었다.

구상규 또한 길이 좁아서라는 이유도 있었지만, 진선아의 그런 기세에 눌려 아무런 말도 할 수 없었다. 그들이 한동안 말없이 걷다가 멈춘 곳은 곰 우리 앞이었다. 그들은 이미 사자와 호랑이 우리는 지나왔다. 섬의 전 구역에 걸쳐 동물들의 우리가 분산되어 있는데 사람이 사는 집의 형태를 띠고 있다는 것이 좀 특이했다. 섬이 하나의 산으로 형성되어 있었으므로 동물들의 우리는 넓지 않았다.

대부분의 동물은 두 마리이거나 고작해야 서너 마리 정도만이 가둬져 있을 뿐이었다. 동물들은 통나무로 된 집처럼 생긴 우리에서 살고 있고 사람들은 그것을 내려다보는 식이었다. 비교적 온순한 동물들은 길보다 위쪽에다 두고 사나운 동물은 길보다 아래에 배치하여 내려다보도록 해놓았다.

"구상규씨, 생각보다 끈질기신 분이군요. 여전히 신애씨를 기다리고 있는 거지요?"

진선아는 곰 우리를 들여다보며 말했다.

곰 두 마리는 각 귀퉁이에 따로 떨어져서 널브러져 뒹굴고 있었다. 곰 우리 앞에는 그들뿐 아무도 없었다. 곰들조차 그들이 왔건 말건 전혀 신경 쓰지 않았다.

"신애가 곧 연락해 올거라고 생각합니다."

구상규가 그렇게 대꾸하자 진선아가 그를 힐끗 쳐다보

았다.

"그럴까요? 하지만 신애 씨가 자발적으로 떠났고 연락을 끊었다는 생각은 안 하세요?"

"글쎄요. 어떤 일이 있는 건지는 몰라도 직접 신애를 만나서 확인하기 전까진 이 상황을 납득할 수가 없어서요."

"도대체."

여자의 목소리에는 조금 전보다는 힘이 들어가 있었다.

"두 사람은 어떤 관계지요? 제가 아는 한 연인관계는 아닌 것 같은데?"

그들의 관계는 무엇일까? 그건 그 자신도 정의하기 어려운 것이었다. 그게 혼자의 일이라면 그중 아무거라도 상관없다고 말해주고 싶었다.

"연인이 아니라면 미래가 약속된 사이인가요?"

구상규의 침묵이 길었을까. 이제 여자는 곰 우리를 떠나 아무런 말도 없이 앞서서 언덕 쪽을 빠른 속도로 걸어가고 있었다. 여자의 생생하고 탄력 있는 머리카락 뒤통수에다 대고 여태 궁금해하던 것을 물었다.

"그쪽이 가르쳐준 그 주소 신애 남편의 것이 아니더군요. 노정자는 누구죠? 그리고 신애는 어디에 가 있는 겁니까?"

그러나 여자는 대답도 하지 않았고 뒤돌아보지도 않고 그대로 속도를 유지하며 언덕을 올랐다. 이 길은 어디를 향하고 있는 걸까?

"도대체 무슨 일이 벌어지고 있는 거죠? 또 장수성씨는 누구죠?"

구상규는 여자와 보폭을 유지하면서 취재원처럼 천천히 물었다.

그러나 여자는 여전히 뒤를 돌아보지도 않는다.

어디선가에서 희미하게 비명이 들려왔다. 처음에는 목쉰 새가 놀라서 소리치는 것처럼 들렸다. 펠리컨이 저렇게 울었던가? 갈매긴가? 아니면 홍학이 저렇게 괴상하게 우나?

"당신이 찾는 그 신애씨는,"

여자는 문득 멈춰서서 그를 돌아보며 말했다. 그리고는 자기 머리카락을 버릇처럼 한번 쓸었고 머리카락은 여자의 손 아래에서 얌전하게 결대로 자리 잡았다. 섬의 숲에 들어오고 난 이후로 바람이 조금 잦아들었고 햇빛은 감미로웠다.

"사실 저도 잘 몰라요."

어느새 그는 진선아와 마주보고 설 수 있었고, 진선아가 워낙에 조용하고 빠르게 말했기에 그는 자기 귀를 의심했다. 구상규는 그녀의 말을 되돌리기라도 할 듯 그녀 쪽으로 머리를 기울였다.

"네?"

"구상규씨가 아는 신애씨는 어떤 사람인지 나는 모른다

고요."

그를 진지하게 아주 깊이 바라보면서 여자는 희미하게 웃으며 말했는데 구상규는 여자가 자신을 놀린다고 생각했다.

"이해가 안 가네요. 절 놀리는 겁니까?"

"구상규씨가 아는 그 사람이 어떤 사람인지, 어디에 있는지 저도 잘 모른다는 말이에요. 어차피 사람들은 서로 다른 것을 보고, 보고 싶은 것만 보잖아요."

"일반적인 말은 그만하고 정말 신애가 어디 있는지 모른다는 겁니까? 정말 연락이 안 되는 거 맞나요?"

구상규는 따지듯 차분하게 물었다.

"신애씨와 전, 그래요."

여자는 생각에 잠긴 듯 그렇게 말했다. 목소리가 착 가라앉았다.

"사실은 잘 몰라요. 아시겠어요? 당신이 말하는 그 신애라는 사람을 저는 잘 모른다구요."

여자는 그보다 조금 높은 곳에 서서 그들이 지나온 길을 내려다보았다.

키 낮은 대나무와 해송, 벚나무로 이루어진 숲사이로 바람이 스치고 지나갔다. 높은 곳에서 흐르는 바람인지 느껴지는 것보다 스치는 나뭇잎들의 소리만 컸다.

구상규는 어이가 없어서 잠시 말을 잃었다.

"그럼, 당신이 그렇게 열심히 말했던 정신애라는 여자는 도대체 누구예요? 여태까지 우리는 누구에 대해서 말했다는 거지요?"

구상규가 그렇게 묻는데도 여자는 여전히 그를 들여다보고 있을 뿐 아무 말이 없었다.

"더 말해주세요. 두 사람은 어떻게 만났어요? 그쪽이 아는 대로만 말해주세요."

구상규는 자신을 진정시키기 위해 애쓰며 물었다. 다시 원점이었고, 그래, 다시, 얼마든지 되풀이 해 보자, 하는 생각만 했다. 그는 이제 정말로 시간이 많았다.

잠시 후 여자가 되돌아서서 걸으면서 말하기 시작했다.

"우린 젤리피쉬 드림하우스 위쪽 파라다이스 호텔 앞에서 만났죠. 새벽 5시쯤이었어요. 제게 길을 물었어요. 아마도 버스정류장이 어디냐고 물었을 거예요. 하지만 그녀의 차림은 말이 아니었어요. 클럽이거나 파티장에서 금방 내려온 것 같이 하얀색 두꺼운 재킷 속에는 옷 속이 훤히 비치는 시스루 차림이었고 높은 통굽 달린 구두를 신고 있었어요. 어딘지 불안한 눈빛이었는데, 쫓기는 듯한 느낌이었죠."

여자는 잠시 말을 멈추었다. 그 틈으로 저 멀리서 그 거대하고 괴상한 새가 낼법한 소리가 다시 들려왔다. 그제야 그는 그것이 사람들의 비명이라는 것을 알게 되었다. 여자들의 꽥꽥거리는 높은음 밑에는 힘없고 때늦어서 조금 우스꽝스럽게 들리는 남자들의 비명도 있었다. 게다가 그 비명은 일정한 간격이 있는 것 같았다. 저게 도대체 무슨 소리일까. 간혹 무리 지어 다니던 여자들이 무언가에 놀란 듯 까르륵거리며 지르는 단순한 비명이 아닌 것 같았다.

"그것이 신애씨와의 첫 만남에 대한 기억이었지만 그 당시에는 그것을 깨닫지 못했지요."

여자는 그렇게 말하더니 오른쪽 길가에 있는 또 다른 우리 쪽으로 갔다.

낙타와 얼룩말 우리는 붙어있었고 코끼리 우리도 있었다. 여자는 낙타 우리 앞에서 멈췄다. 구상규가 다가가자, 여자가 말했다.

"오늘 왜 여기로 오자고 했는지 궁금하지 않으세요?"

"네, 궁금하군요. 모든 게 의문투성이입니다."

"구상규씨는 타인의 아픔을 알아보는 눈이 있나요? 그런 걸 뭐라더라. 감수성이라고 하는가요?"

여자가 그런 질문을 해왔지만, 구상규는 대답하지 않았다.

"뭐 어쨌든, 옆에서 누가 당장 죽을 것 같은 표정을 하고 있어도 사람들은 잘 알아보질 못하거든요. 놀랍지 않으세요? 인간들이 그토록 죽음과 불행에 가까이 노출되어 있는데도 그런 일들이 바로 닥치기 전에는 그 기미도 알아채지 못하는 것을요."

여자는 잠시 말을 멈추었다.

"아마도 제각각의 사는 일에 바빠서 그렇겠죠. 사는 건 장난이 아니니까. 그런데 제겐 아무런 능력도 없는데 가끔 신통찮게도 그것을 알아채는 순간이 있거든요. 아마도 제게도 그런 순간들이 많았기 때문일 거예요. 뭐 어쨌든 전 그날 신애 씨에게서 그런 것을 느꼈어요. 그날 신애 씨를 발견하는 순간 뭔가 저 여자를 혼자 두면 안 되겠구나, 하는 그런 느낌. 그때 제가 말을 걸었죠. 누가 쫓아오나요? 그렇게요."

여자는 이제 얼룩말을 보고 있었다.

"얼룩말은 고민이 없는 동물이라더군요. 얼룩말의 삶의 조건은 결코 좋다고는 할 수 없잖아요? 먹이사슬 구조로 볼 때, 초식 동물이니까. 그래도 고민하지 않는대요. 그래서 위궤양이 없대요. 세상의 모든 고민 많은 포유동물들은 다 위궤양이 있는데........"

그렇게 혼자 말하고 풋, 고개 숙여 잠시 웃더니 덧붙였다.

"생각보다 성격도 괴팍하대요."

여자는 그렇게 앞도 없고 뒤도 없는, 모호한 화법으로 말했는데, 아마도 머릿속에 떠오르는 순서대로 말하는 것 같았다. 그럼에도 그것 때문에 귀를 기울이게 하는 힘이 있는 것 같았다. 정말로 이상한 화법이었다. 하지만 집중해서 들어야 했다. 구상규는 산양의 귀처럼 귀만 쫑긋 세우고 들으면서도 왜 이런 걸 들어야 하는지 스스로 의문스러웠다.

"지금 구상규씨가 있는 그 방, 사실은 제가 빌린 방이었어요. 방이 나가지 않아서 1년 넘게 고심하던 중이었죠. 그 날 신애씨는 버스 정류장에서 처음 보는 저에게 말했어요. 옷을 갈아입을 방이 필요해요. 이 옷을 갈아입을 곳이요. 그렇게 말하더군요. 마침 제 방이 근처였고 저는 평소와는 달리 그 여자에게 반쯤 넘어가 있었던 거죠. 제 호의는 아무렇게나 생기는 게 아니거든요. 그날 그 여자가 제 방에서 옷을 갈아입고 나왔을 때 제 눈으로 똑똑히 보고 있었는데도 정말로 다른 사람 같았어요. 화장실에서 나왔을 때 신애씨는 그냥 평범한 티셔츠에 진 차림이었죠. 머리는 가발이었는지 긴 생머리를 하고 있더군요. 화장을 지우자 정말로 사람이 완전히 달라 보였죠. 신애씨의 가늘고 어딘지 꺾일 듯 꺽이지 않는 가냘픔이 그녀가 나쁜 사람은 아닐 거라는 느낌을 떠올렸죠. 우린 그날 밤 커피도 같이 마시며 이야기를 나누었어요. 그날 전 신애씨가 죽을 것 같아서 말을 걸었다고 하자, 진짜 눈물을 흘리면서 웃더군요. 그러고는 말했죠. 그게 아니에요. 가장 먼저 옷을 갈아입고 방을 구하겠다고 마음

먹던 중이라고 말하더군요.

그동안 꿈꾸었던 생활을 할 거라고 말했어요. 저는 제 방을 추천했죠. 지금 이방은 어떠냐고요. 그랬더니 마음에 든다고 하더군요. 처음 그 방이 예상보다 훨씬 비싸다는 사실을 알고는 놀라더군요. 신애씨는 몇 달만 있을 달셋방을 원했죠. 우린 이런저런 이야기 끝에 방은 제 명의로 남겨두고 전세금이 나올 때까지는 달세는 신애씨가 부담하기로 하고 지내기로 했죠. 저는 큰 짐을 그대로 두고 방을 옮겼죠. 그건 신애씨나 나에게 서로 좋은 일이었기 때문에 주인아주머니는 제가 전세금이 나올 때까지 함께 지낼 사람이 있는 것으로 말했죠. 저는 본가로 들어갔고 신애씨는 제 명의로 남아 있는 방에서 지낸 거죠."

여자는 거기서 말을 멈추었다. 그리고 다시 잠시 무엇인가를 생각하는 것 같았다. 구상규는 그런 여자를 숨죽이고 바라보았다.

"신애씨는 자신의 이야기를 잘 하지 않았어요. 저도 사실은 뭐 이야기할 만한 것이 많지도 않고. 우린 서로 비밀이 많은 비슷한 사람들끼리 만났다는 것을 곧 눈치챘죠. 신애씨는 무언가를 고민이 많은 시기를 지나는 것 같았어요. 삶의 방향을 틀려고 할 때의 망설임과 고민에 빠진 사람의 표정을 가지고 있었죠."

진선아가 그렇게 말하며 구상규를 힐끗 쳐다보았다.

"다른 곳으로 가볼까요?"

진선아는 이미 앞장서서 다른 우리로 옮기던 중이었다.

언덕의 반대편에 이르자 조금 평평한 평지가 나타났고 그곳으로 내려갈수록 사람들의 비명은 점점 더 커졌다. 이윽고 삐걱거리는 소리까지 들려왔다. 구상규는 그것이 놀이기구에서 들려오는 소리라는 것을 알 수 있었다. 바이킹이었다. 바이킹이 오른쪽 하늘 높이 날아오를 때 한 무리의 사람들이 그 끝에 앉아서 소리치고 있는 것이 붉은 껍질이 늘씬한 해송들 사이로 가끔 보였다.

그들은 방향을 틀어 섬의 중심부 쪽으로 걸었다. 그들이 도착한 곳은 아주 큰 새장이었다. 웬만한 학교 운동장만한 공터에 높은 그물이 쳐져 있어서 골프장 같기도 했다. 오래 날지는 못했지만, 새들은 하늘에서 덤불로 내려꽂히듯 날아다녔다.

"여기는 새들이 많아요."

"신애는 무슨 일을 했던 거죠? 하려던 일은 무엇이지요?"

"무슨 일을 하는지는 모르겠지만 보험영업을 같이하자고 제가 몇 번 권했지요."

여자는 놀랍도록 침착하게 그를 돌아보며 말했다.

"전 이곳이 가장 마음에 들어요."

여자가 자신이 주인이나 되는 듯 흡족한 표정을 떠올리며 그렇게 말했다.

"상규씨는 신애씨에 대해 알고 있는 것은 무엇인가요?"

여자가 갑자기 궁금하다는 듯 그를 똑바로 응시하며 물었다. 여자의 갑작스러운 질문에 구상규는 잠시 말문이 막혔다. 여자를 바라보았는데 여자의 얼굴에는 이제는 웃음기까지 떠올라 있었다.

"몹시 불행했다는 것. 예전에 알던 사람이라고 생각했는데, 한 번도 제대로 알았던 적이 없는 사람 같습니다. 그쪽 때문에 더더욱 누가 누군지 알 수가 없다는 생각뿐입니다."

여자는 이제 말없이 새들을 바라보았다.

새들은 가끔 무엇엔가 깜짝 놀랐다는 듯이 떼를 지어 새장 안을 날아다녔다. 크고 작은 새들이 날아다니는 거대한 새장은 장관이었다. 작은 마당 위를 소용돌이치는 회오리바람처럼 덩치가 작은 새떼들은 제법 높이 떼를 지어 날아다니고 있었고 큰 새들은 듬성듬성 선 나무들처럼 웅크린 채 조용히 졸고 있었다.

"그런데도 절 학산시에 데리고 간 이유는 뭐지요? 신애는 학산시에 집이 있는 건 확실한 겁니까?"

"네, 물론 신애씨는 학산시에 있었죠. 지금 신애씨와 연락이 되지 않고 있어요. 신애씨가 사라진게 상규씨와 관계가 있다고 생각했죠. 전 신애씨에게 아이가 있다거나 시가로 돌아갔다고 하면 상규씨가 체념할 줄 알았죠."

여자는 그쯤에서 말을 멈추었고 가볍게 숨을 몰아쉬었다.

그때쯤 문득 궁금해졌다. 가장 단순하고 원초적인 의문이었다. 이 여자는 누구의 편일까? 적어도 구상규 자신의 편은 아니더라도 신애의 편이기는 할까?

"남편을 죽일 계획이었던 것은 사실이었습니까?"

그렇게 물어보면서도 그는 그게 누구의 이야기인지는 알 수 없었다.

"어쩌면, 앞으로도 계속 시도하겠지요. 왜냐하면 그 방법밖엔 없으니까."

"그런데 제게 그런 이야기를 해주는 이유는 뭐죠? 제가 경찰에 신고하면요?"

여자는 씩 웃으며 대답했다.

"뭐가 달라지죠? 아직 아무런 일도 일어나지 않았는데. 게다가 당신은 신애를 멈추거나 빼돌릴 능력도 없고요. 돈도 없고, 감정도 없고. 신애씨 말대로 당신은 그저 머물다 스쳐 지나갈 사람이니까요."

거기까지 말하고는 핸드폰을 꺼내더니 시간을 확인했다. 그러고는 핸드폰을 든 손으로 자신의 찰랑이는 머리카락을 쓸어 넘기더니 그에게 말했다.

"구상규씨는 구경 더 하고 가실래요? 저는 이제 배를 타고 나가봐야 해요."

구상규는 그저 말없이 여자를 바라보며 머리를 끄덕였다. 그는 섬을 더 돌아볼 예정이었다.

진선아는 돌아서다 잠시 그를 다시 뒤돌아보고 신중한 눈빛으로 말했다.

"구상규씨가 어디서, 어떤 모습으로 신애씨를 기다려도 저는 상관없습니다만, 방은 조만간 빠질 거예요. 새 세입자가 나섰고, 저는 돈이 필요하거든요."

잠시 후 여자는 거대한 새장 반 바퀴를 돌아 바이킹이 있는 광장 쪽으로 걸어가버렸다.

그렇게 그는 낯선 섬에 홀로 남겨졌다. 잠시 여러 나라의 닭과 공작새가 있는 새장 앞에 멈춘 채 그는 갈 곳을 잃은 듯 꼼짝도 할 수 없었다.

바이킹은 이제 멈추었는지 요란한 비명은 들려오지 않았다. 광장 쪽은 텅 비어있는 것처럼 사람들이 보이지 않았다.

구상규는 그때쯤 진선아가 자신에 대한 탐색이 끝났고 더 이상 그를 상대해 주지 않을 것 같다고 생각을 했다. 그녀는 그녀가 아는 것만큼 상규를 관찰했을 것이다.

호기심은 그런 것이었다. 책임이 따르지 않는 얕은 관

심일 뿐이었다. 알 것 같다는 생각에 미친 듯 파고들다가도 어느 순간 헤어질 준비를 하는 그런 얕은 감정.

신애의 방이라 알고 있던 그 방의 실제 주인인 진선아는 방을 없애겠다고 한다. 신애와 연결되었던 핸드폰과 신애가 깃들었던 방이 사라지면 그는 어디서 그녀를 찾아야 할까?

4.

구상규는 다시 신애의 방으로 돌아왔다. 그런데 낯설었다. 그 방은 구상규가 아침까지 알던 그 방이 아니었다. 분명히 사소하지만 다른 무엇인가가 있었다.

현관문을 열자, 방에는 조금 전까지 사람이 있었던 듯 특유의 온기와 냄새가 머물러 있었다. 신애가 돌아온 것일까. 채 식지 않은 찻잔처럼 방은 몇 시간 동안 온기가 머물까?

구상규는 천천히 신발을 벗고 들어가 낮의 희미한 잔광 속에서 방안을 한 번 휘둘러보았다.

싱크대와 신발장이 딸린 일곱 평 남짓의 방, 세탁기와 보일러가 있는 테라스가 있었고 또 조그만 화장실이 딸린 작은 원룸이다.

방안은 친숙하면서도 뭔지 모르게 달라져 있었다. 숨은 그림찾기 하듯 흔적을 찾아 눈으로 꼼꼼히 살폈다. 온몸으로 느껴지는 체감은 사람의 온기가 있다고 하는데, 방안의 모습은 싸늘히 굳은 그대로였다.

방은 흐트러져 있지 않았지만 어딘지 낯설었고, 또 비밀을 품고 있는 것 같다.

워낙에 간단한 살림인 데다 대부분의 가구는 원룸에 딸린 것이었다. 신애 것이라고 추측되는 것으로 고작해야 서랍이 딸린 행거와 화장대를 겸한 전신거울, 그리고 침대와 이불 정도나 될까. 그러니 누군가 엉망으로 흐트러트리지 않는 이상 없어질 것도, 뭔가가 흔적이 남을만한 것도 없었다. 그나마 그 단출함에 대한 변명인 듯 침대맡 창가에는 푸른 꽃무늬의 프릴 작은 커튼이 달려 있긴 했다.

무딘 현실감각 더듬이를 지닌 구상규로서는 방안의 풍경만으로는 변화를 알아챌 수가 없었다. 서랍이나 가구 따위를 뒤집어엎어 놓지 않은 이상 침입의 흔적을 알 수 있을 만큼 그의 주변에 대한 관심은 섬세하지 못했다.

아, 식탁. 그렇다. 그의 눈이 주로 침대를 영역으로 삼은 그를 피해 신애가 평상시 앉아 있곤 하던 접이식 식탁 위로 향하자, 거기에 기다렸다는 듯 커피잔 두 개가 마주 놓여 있는 것이 보였다.

구상규는 그것을 물끄러미 쳐다보며, 아마도 신애가 돌아온 모양이라고, 생각했다. 적어도 몇 시간 전 자무도에서 헤어진 진선아는 아닐 것이다. 이 방을 내어놓은 그 여자가 아니라면 신애밖에 없지 않을까. 그는 내심 반가웠다. 그러면서도 의문은 떠올랐다.

신애는 누구랑 여기 있었던 것일까.

그는 식탁 앞에 서서 찻잔을 내려다보았다. 머그잔이 유행인 요즘에 비하면 금박이 박힌 장미꽃무늬가 화려한 전형적인 유럽풍의 받침이 있는 찻잔이었다. 마주 놓여 있는 두 찻잔 중 한잔은 완전히 비어있었고 한 잔은 한 모금 정도의 커피가 싸늘히 식어 있었고 입술이 닿은 부분에는 다홍의 루즈 자국이 생겨 있었다. 그는 손을 뻗어 그 다홍의 루즈 빛깔을 손가락으로 더듬듯 훑었다. 그건 신애의 입술 색깔이었다.

그녀는 누구를 만나기 위해 아침마다 그렇게 열심히 나갔던 것일까.

그때 냉장고가 윙, 하면서 돌아가는 소리가 유난히 크게 들려왔다. 그것이 크게 들리는 만큼이나 가늠하기 어려운 긴장 같은 것이 방안에 흐르고 있었다.

그는 침대 쪽으로 휘적휘적 걸어가 엉덩이를 걸치고 잠시 앉았다가 벌렁 드러누웠다.

어쨌든 신애가 돌아왔으면 좋겠다고 생각하며 잠이 들었다.

구상규는 혼자서 잠들었고, 다시 혼자서 깨어났다.

신애는 아직 오지 않았다. 저 눈앞의 식탁에 놓인 찻잔 두 개도 별거 아니라는 듯 여전히 그곳에 놓여 있었다.

다시 천장을 쳐다보며 늘 같은 생각을 했다. 여긴 소리가 없어. 무엇인가의 뱃속이거나 늪 속이거나, 그럴 거야. 뱀이나 코끼리, 아니면 고래의 뱃속이거나 아니면 악어가 사는 늪의 물 속이거나. 그런 생각들. 그런데 악어떼도 다 이사 가버린 듯 정말로 고요하긴 했다. 여기서 얼마나 버틸 수 있을까. 신애도 없이. 신애도 없이. 그 사실이 갑자기 너무도 아프게 다가왔다.

눈앞의 하얀 천장에는 비스듬히 기울어진 해의 옅은 빛이 들어와 있었다.

그녀가 연락을 끊기 몇 주 전의 어느 날이 생각났다.

"누군가를 대신해서 살고 있다고 생각해 본 적 있어?"

그녀는 식탁의 모서리에 턱을 괴고 멍하게 앉아 있다가 대뜸 던지듯이 물었다.

"다중우주 이야긴가?"

그즈음 며칠 동안 신애는 침울해 있었다. 오랫동안 멍하니 생각에 빠져 있을 때가 많았고 또 무엇인가를 기다리는 것 같기도 했다. 그리고 또 가끔 감정은 뒤죽박죽이고 몹시 초조한 것처럼 보였는데도 문득문득 무엇인가를 꾹, 참는 것처럼, 어딘지 고장 난 것처럼 갑자기 하던 일을 멈출 때가 많았다. 어쩌면 그가 그녀에게 작정하고 대화를 시도했었더라면 그녀의 상태에 대해 더 잘 알 수 있었을지도 몰랐다. 몇 번인가 자신에 관한 말을 하려는 듯 긴장된 표정을 지으며 망설일 때가 있었다. 구상규는 그 표정으로 알 수 있었음에도 그녀가 먼저 말해오기를 기다렸다. 그런 건 아무래도 상관없다는 듯이 애써 외면했던 것도 같다. 그냥 듣고 싶지 않았다. 그것이 예의라고 생각했을 수도 있었다. 안 들어도 뻔하고 신산스러울 게 틀림없는 그녀의 삶에 대한 배려 같은 그런 것일 수도 있었다. 과거는 어떻게 하기에 너무 때늦은 것이었고 그들이 어쩔 수 없기에 알아도 별수 없을 거라고 생각했다. 하지만 그것이 현재 진행 중일 거라고는 생각지도 못했다. 그 과거에서 한 발짝도 벗어나지 못한 현재 진행형의 일들, 어쩌면 정말로 귀찮았기 때문일 수도 있었다. 그래서였을까. 그가 그런 태도를 보일 때마다 신애는 무엇인가를 말하려다가도 입을 다물어버렸고 간혹 한숨을 내쉬기도 했다.

그날도 신애는 무언가 깊이 생각하는 듯했고 무언가 말을 하고 싶어 하는 것 같았는데, 그는 못 들은 척, 못 본 척했다. 그러자 아마도 신애는 한숨을 쉬었을 것이다. 그리고 턱을 식탁 모서리에 괴고 앉아서 한참 동안 무언가 생각에 빠져 있었다.

"글쎄. 그런 적은 없는 것 같은데?"

구상규는 화장실의 열린 문 너머로 신애를 건너다보았다.

그는 담배를 사러 나갈 작정이었다. 그런데 지저분해진 수염이 거슬렸고 그래서 비누 거품을 턱에 바르며 가볍게 말했다.

"그런 건 여태 생각해 보진 않았는데."

"이건 내 삶이 아니야. 누군가의 삶을 대신해서 살고 있으니까."

"그건 좀 이상하네? 지금 내 눈앞에 있는 넌 누군데?"

구상규는 농담처럼 가볍게 물었지만, 신애는 들리지 않는지 한참 동안 혼자 생각에 잠겨 있었다. 그 또한 말없이 열린 화장실 문 너머 거울 앞에서 오랜만의 면도에 집중했다.

"좀 이상하긴 하지?"

거울 속에서 힐끗 넘어다본 신애의 표정은 잘 보이지 않았지만, 식탁 위의 머그잔을 감싸 쥔 채 그것을 내려다보고 앉아 혼자만의 생각에 빠져 있는 듯했다. 저녁을 먹고 난 뒤 신애는 보리차를 마시는 중이었다.

"그래. 이건 그림자놀이와 비슷한 거야…….. 듣고 있어?"

너 어디 있어? 하는 듯 그녀는 확인하듯 되물었다.

"음, 복잡하군."

그는 코밑의 면도를 끝내고 아래턱을 내밀고는 한 번 훑어보면서 대꾸했다.

"네가 누구의 삶을 대신 살더라도 내가 있는 한 네가 정신애라는 건 분명해. 네가 정신애라는 걸 증명해 줄게."

신애는 말이 없었다.

신애의 침묵 위로 핸드폰에서는 달콤한 노래가 흘러나오고 있었다.

그가 욕실에서 얼굴을 닦고 방으로 돌아왔을 때 그녀는 그때까지 멍하니 식탁을 노려보고 앉아 있었다.

그녀의 핸드폰 라디오 앱에서는 노래가 끝나자 왁자지껄 수다를 떨어대기 시작했다. 신애는 여전히 말이 없었고 그렇다고 라디오 소리에 귀 기울이고 있는 것 같지는 않았다. 그녀는 왜 음악을 듣지 않을까? 앨범을 들으면 될 텐데, 시끄러운 라디오를 들으니 이 집의 적막이 싫은 것일까.

그는 박하 냄새가 뒤섞인 신애의 로션을 턱에다 찍어 바르며 물었다.

"이제는 진짜 너의 삶을 찾고 싶은 건가?"

심각한 분위기가 싫어서 조금 가볍게 물었다.

"네가 아는 정신애는 누군데?"

그렇게 묻는 신애의 목소리는 무언가에 억눌린 듯했다. 어딘지 자신 없어 하는 태도였다. 그 말을 들으니, 그의 머릿속도 혼란스러웠다. 무어라 해야할까? 정답은 있는 것일까?

"정신애는 정신애지. 지금 내 눈앞에 있는 너."

"웃기네."

신애가 히죽거렸다. 그러더니 억지로 웃음을 참는 듯 목을 가다듬고 말했다.

"네 눈앞의 정신애가 누군지 몰라도 난 싫어. 너무 힘들었거든."

신애는 다시 고개를 식탁으로 떨군다. 아까부터 하는 짓이 위로를 바라는 것 같기도 했다.

"그럼 멈추고 싶은 거야?"

그의 자리인 침대로 가서 헤드에 기대앉으며 그는 가라앉은 목소리로 물었다. 이대로 담배를 사러 밖으로 나가면 안 될 것 같았다. 이 방에는 소파도 없다. 앉을 곳이라고는 오직 침대와 식탁 앞의 등받이 없는 의자 두 개만 있었다.

"멈추는 순간 죽음이야."

놀랍게도 신애는 여전히 식탁 위에 상반신을 엎드린 채 그렇게 말했다. 그런 극단적인 말이 그 상황에서 나올 줄은 몰랐기에 그는 자신이 들은 말이 맞는지 확인했다.

"뭐라고?"

신애는 방에 있는 날이면 머리를 질끈 묶고 있었고 트레이닝복 차림이었다. 무방비 상태인 일상복 차림이 오히려 신애다워 보이게 했다. 출근을 위한 옷차림과는 완전히 다른 그런 모습은 예전의 모습을 떠올리게 했기에 가끔 그의 코끝을 시리게 했다.

예전 그녀의 모습은 사라지기 쉬운 아지랑이 같았다. 초봄의 솜털 사이로 보이는 여리디여린 녹색처럼, 너무도 연약하고 너무도 쉽게 손상되는 것이기에 더욱 조바심 나게 하고 안타깝게 하는 모습이었다. 거기에는 열정이나 뭐 그런 것은 없었다. 그런 뜨거운 감정이라기보다는 차라리 안타까움이나 연민에 가까운 감정이었다.

“그럼 넌 죽거나 죽이거나이구나. 죽고 싶은 게 아니라.”

구상규의 그 말에 신애가 반응했다.

“그 모두 다지. 모르겠어?”

“쫓기고 있어?”

신애는 잠시 얼굴을 들고 그가 있는 쪽을 바라보았다. 그를 잠시 바라보다 작게 한숨을 쉬더니 그의 옆에 있는 작은 창 쪽으로 눈길을 돌렸다.

“넌 도대체 여기 왜 왔니? 왜 안 가는 거야?”

그 한마디에 그는 뒷머리를 두들겨 맞고 기절이라도 한 것처럼 한동안 아무런 말도 떠올릴 수가 없었다. 잠시 후 그는 깨어났고, 문득 자신도 모르게 말했다.

"우리 결혼할까?"

처음에는 너무 낯설어서 자신조차도 깜짝 놀랄 말이었지만, 내뱉고 보니 여태 그것을 생각했었던 듯 당연한 말처럼 느껴졌다. 그런데 신애의 반응이 뜻밖이었다. 그게 뭘 그렇게 놀랄 일인지 깜짝 놀란 표정이었다.

"그런 게 지금 필요해? 내가 너랑 결혼하면 너도 죽어."

그는 아무래도 상관없다고 생각했는데, 신애의 반가워하지 않는 반응이 조금은 섭섭했다.

'기집애, 그래도 반가워하는 표정이라도 짓지.'

"난 너와 결혼하지 않아도 되어서 다행이라 생각하고 있었는데."

"왜? 나보다 더 돈 많은 사람이랑 결혼하려고?"

구상규는 조금 뒤틀려서 시니컬하게 물었다.

"그게 될까? 정말로?"

구상규는 어이가 없었다. 처음부터 신애의 미래에는 그가 없었고 그 사실을 자신에게서 확인받고 싶은 듯했다.

그때쯤 울컥, 뭔지 모를 서운함이 치밀어서, 그는 침대에서 일어나 신애의 등을 지나쳐 신발을 신고 밖으로 나갔다. 처음에는 조용히 담배나 사러 갈 작정이었다.

그가 나가는 동안 신애는 그 자리, 식탁 앞에서 붙박여 있는 가구처럼 꼼짝하지 않고 앉아 있었다.

그는 슈퍼에 들러 담배를 사고는 평상시의 그 자리인 파라솔을 지나 바다 쪽을 바라보며 담배를 피웠다.

시간은 저녁을 지나서 밤으로 다가가는 시간이었다. 처음에는 바다가 있는 남동쪽을 향하여 무작정 걸었다. 증발하듯 그대로 떠나버릴 수도 있을 것 같았다. 생각해 보면 그는 이곳 월산시에 빈손으로 왔다.

바다는 얼마나 멀리 떨어져 있을까?

처음에는 화가 나서 낯설고 어두운 거리를 걸었는데, 그래서 돌아가나 봐라, 하는 마음이었는데, 점점 지쳤고, 젤리피쉬 드림하우스에서 너무 멀어져서 못 찾을까 봐 두려웠다. 그러나 이왕 나선 김에 최대한 늦게 들어갈 작정이었다. 그동안 자신도 모르게 불만이 쌓였던 듯, 할 수만 있다면 밤이라도 새고 들어가고 싶었다. 낮의 시장이 열리던 곳은 밤이 되자 그 어느 곳보다 을씨년스러웠다. 가로등조차 어두웠고 곳곳에 천막을 뒤집어쓴 길거리 노점의 행렬은 음침했다.

바다도 잠을 자고 있었다. 밤의 바다는 낮과는 완전히 또 달랐다. 가까이 갈 때조차 그것이 그곳에 있다는 것을 알 수 없을 만큼 검은 어둠으로 위장하고 숨어 있었다. 잠든 짐승처럼 한 발짝 거리 앞까지 다가갔을 때도 조용히 뒤척이기만 할 뿐이었다. 그는 알 수 없는 열의가 식어 겨우 몇 분

서성이다가 발길을 되돌렸다. 잠든 친구를 상대로 놀 수는 없는 일이었으니 잠든 적을 상대로 싸울 수도 없는 일이어서 조용히 되돌아섰다. 스스로 실없어서 웃음이 날 지경이었다.

지칠 때까지 밤의 거리를 헤매다 다시 젤리피쉬 드림하우스로 돌아왔을 때, 깜깜한 어둠 속에 몹시 낯선 파란색 불빛에 건물 한쪽 벽면이 빛나고 있었다. 무얼까 다가가 보니 그때껏 있는지도 몰랐던 사철나무가 심어진 초라한 화단 옆에서 할로겐 불빛이 새어나오고 있었다. 그래서 밤에 보는 젤리피쉬 드림하우스는 얼굴 밑에서 빛을 쏘며 유령 놀이하고 있는 것 같았다.

건물 이름이 먼저 정해졌는지 나중에 지었는지 모를 일이지만 딱 맞는 분위기였다. 무덤처럼 음침하고 신비하게 젤리피쉬 드림은 어둠 속에서 발광하고 있었다.

뭐야, 모텔도 아니고. 미쳤네.

그렇게 혼자 중얼거리며 201호로 올라갔다. 11시 어귀인 시간이었으므로.

언뜻 현관문을 열었을 때 불이 꺼져 있어서 어두웠다. 그도 신애가 자고 있을거라 생각했으므로 신발을 벗고 조용히 윗옷을 벗어 신애가 돌처럼 앉아 있던 의자 위에다 올려놓고 싱크대에서 손을 씻었다. 그러고는 침대 쪽으로 다가

갔다. 침대맡에 갔을 때 신애가 어둠 속에 굳은 듯 앉아 있는 것이 보였다.

"왜 이렇게 늦게 와. 어디 갔었어?"

"안 자고 뭐해?"

구상규는 신애 옆에 앉았다.

"잠이 들락 말락 하다가 깨었는데, 넌 오지도 않고, 어지러워져서. 담배 있어?"

그는 다시 일어나 식탁 의자에 놓인 겉옷 안에 있는 담배를 꺼냈다.

둘이 나란히 담배에 불을 붙이고 천장을 향해 연기를 내뱉었다. 신애가 손을 뻗어 침대 옆의 작은 창문을 열었다.

"우리 여기서 쫓겨날 거야."

"왜? 돈이 없어서?"

"아니 담배 연기 때문에."

신애가 킥킥거렸다.

"모두 자고 있을걸. 사람이 있긴 한지모를 지경인데?"

구상규는 자신의 옆자리 선반형 간이테이블에서 손잡이가 떨어져 나간 머그컵 재떨이를 가져와 담뱃재를 털고는 자기 다리 위에 올려놓았다.

"어디 갔다 왔는데?"

"여기저기, 바다."

그가 뭉개는 듯한 발음으로 말하자 신애는 한동안 어둠이 고인 천장을 쳐다보고 있었다. 무슨 생각을 하는 건지 한참을, 시선을 천장에 둔 채 말했다.

"우리도 놀러나 갈까?"

후우 담배 연기를 뿜어내며 그의 옆에서 물었다.

"어디로?"

"저기 바다 위에 있는 섬."

"그래, 그러지 뭐."

신애 옆은 따뜻했고 대화도 부드러웠으므로 상규는 담배를 비벼 끄고 재떨이를 신애의 다리 위에다 올려놓고는 녹듯이 침대 위에 누웠다. 피곤이 몰려왔다.

그가 그러거나 말거나 신애는 잠시 뚱한 표정이 되어 천장을 여전히 노려보고 있었다.

"죽일까?"

"누굴?"

그는 하품하고는 신애 쪽으로 몸을 돌리며 물었다.

"그냥 그런 사람 있어."

"넌 죽이고 싶은 사람 없어? 미운 사람이나, 아니라도."

신애는 그런 말을 어둠 속에서 밀어처럼 속삭였다.

"설마 나 죽이고 싶은 건 아니지? 너 나 마음속에서 미워하잖아."

"너?"

신애는 생각하더니 핏, 웃었다.

"그래, 맞아. 죽이고 싶은데, 쓸모가 없네? 난 쓸모없으면 안 죽여."

그는 할 말이 없었다. 그래서 바로 눕고는 손으로 자신의 옆자리를 가볍게 두드리며 말했다.

"여기 누워. 잠이나 자자."

신애는 구상규의 말을 못 들은 듯 여전히 한쪽 팔로 자기 몸을 껴안고 담배가 무슨 총신이라도 되는 듯 천장으로 곧추세운 채 여전히 생각에 잠겨 있었다. 그러더니 구상규 쪽으로 고개를 돌리더니 문득 물었다.

"너 돈 많아?"

구상규는 순간 말문이 막혔지만 언젠가 생각했던 적이 있는 말을 했다.

"그럼. 이 세상의 모든 돈들이 내가 벌 돈이지. 아직 안 벌어서 그렇지. 세상에 돈은 많아."

그가 그렇게 말했을 때 신애는 다시 키득거렸다. 그러다 담배 연기 때문인지 기침을 해댔다.

"정말로 많다니까 그러네. 묻어놓을 무덤도 파놨는데 농담으로 아네."

한참 목이 짓눌리는 듯한 소리로 키득거리더니 신애가

물었다.

"돈 많이 벌면 뭐 할 거야?"

먹이의 크기를 가늠하는 허기진 뱀의 눈처럼 눈빛이 어둠 속에서 초롱초롱했다.

"파묻어야지. 벌어야 할 돈이 줄었으니 슬픈 일이잖아."

"뭐 정말 바보네."

신애는 담배를 끄고 자기 무릎에 놓인 재떨이를 상규에게 건네주었다. 구상규는 몸을 돌려 그것을 침대 탁자 위에다 올려놓고는 발가락 끝부분의 양말을 잡아당겨 벗고는 둘둘 말아 화장실 앞쪽으로 던져 놓았다.

"저거 내일 치워라."

"알았어."

성의 없이 대답하고는 침대에 다시 누우며 물었다.

"넌 돈 있음 뭐 할 거야?"

"도망가야지. 어디 섬으로 갈까?"

"섬? 그게 왜 거기서 나오지? 너도 섬 좋아하냐?"

그는 그렇게 말하면서도 더 자세하게는 말하고 싶지는 않았기 때문에 입을 다물었다.

"섬 좋아하는 사람도 있어? 그냥 숨어서 사는 거지."

"원시인 되겠네. 신애 원시인."

그렇게 말하면서도 그는 무엇이 되었든 상관없을 정도

로 졸음이 몰려왔기 때문에 한쪽 팔을 이마 위에 올리고 눈을 감았다.

"야, 씻고 자. 정말 그러고 잘 거야?"

신애가 옆에서 아무리 잔소리해도 그는 꼼짝도 하기가 싫었다.

"나 오늘 아무 일도 안 했다고. 깨끗해."

"이 바보가 뭐라는 거야?."

가물가물 안개 같은 잠이 리듬을 타고 잔잔하게 밀려들 때 부시럭거리는 소리가 들린다 싶더니 신애가 바로 귓가에서 작은 목소리로 말해왔다. 그의 옆에 신애가 눕는 모양이었다.

"아무 데도 가지 않는다고 약속해. 너무 어지러워서 네가 있어야 내가 있다는 걸 알 수 있으니까 섬에 가는 거야. 알았지?"

"그래."

그렇게 대답해 주고 난 뒤에야 그는 완전히 잠들 수 있었다.

그날 그의 기억 속에서 그들은 한 쌍의 뱀처럼 서로를 감고 잠이 들었다.

천장에서 창 쪽으로 눈을 돌렸을 때 바깥쪽 투명한 이

중 유리창만 닫혀있는 바깥에서 달이 떠 있는 것이 보였다. 작은 창이었고 옥상들로 포위되어 있으므로 달은 천천히 담겨 있다가 사라져가곤 했다. 저렇게 둥근 달을 만나는 것은 드문 일이었다.

넌 그날 도대체 누굴 죽이고 싶었던 거니?

구상규는 신애가 없는 침대의 빈자리를 보며 그런 생각을 했다.

지금 저 나란히 놓인 찻잔에는 어떤 비밀이 담겨 있는 것일까. 하지만 그는 기다릴 것이다.

신애는 돌아올 것이다. 같이 섬으로 가자고 했으므로. 그때까지 아무 데도 가지 않는다고 약속했으니까.

4부

보름달물해파리

1.

실외가 찍힌 CCTV에는 검은 어둠이 고여있다.

여섯 개로 분할된 작은 화면 속에는 움직이는 것이라곤 없다. 높은 곳에서 볼록거울로 내려본 듯한 모습으로 선반 위에 진열된 상품들이 쌓여있는 것에서부터 슈퍼바깥 쪽의 건물과 텅 빈 골목이 보인다. 그의 슈퍼 안은 물론이고 바깥에까지 여섯 개의 소형 카메라가 설치되어 있다. 그것을 설치할 때 그는 특히 저 골목 안 젤리피쉬 드림하우스 쪽의 위치까지 잡히도록 신경을 썼다.

'우리는 움직이는 것에 이끌린다.'

어디서 읽었는지 도대체가 기억나지 않지만, CCTV 화면을 들여다보면 그런 말이 생각났다.

화면 속에서는 움직이는 것이 범인이라고 말하는 듯이 실내에 움직이는 것은 없었다.

고여있는 어둠 속에서 한 남자와 여자가 나란히 걸어 나와 도로 앞을 지나간다. 약간 마른 몸의 여자와 그 남자, 던힐의 필터를 씹으며, 무덤을 파고 드러누워 있기를 좋아하는 친구를 가졌다는 그 남자가 함께 골목을 막 나서서 자신의 가게 앞으로 지나가는 것이 보인다. 아마도 저쪽 아파트 담벼락 공터에 있는 그의 차로 가는 걸 거라고 그는 생각했다. 그들은 그의 화면 귀퉁이에 발끝부터 나타나더니 머리꼭지를 보인 다음 화면 밖으로 사라졌다.

정말로 현생인류의 식인 습관 때문에 네안데르탈인이 멸종된 것일까? 서로를 잡아먹는 습관 때문에 원시시대부터 인간의 가장 큰 적은 같은 인간이었고, 그래서 인간은 언제나 움직이는 다른 인간의 사소한 움직임에도 민감하게 반응하도록 설계되었다는 것이 사실일까. 그따위 이유와는 상관없이 그즈음 그는 사람들에게 호기심이 많았다. 그가 관심을 가질수록 사람들은 모두 유별났다. 그리고 그는 자신이 사람들에 대해 무감각하고 잘 모른다는 사실도 알고 있었다. 호기심이란 것은 잘 모르는 상태일 때, 또 정보가 충분하지 않을 때일수록 강해지는 법이니까.

그 밤, 5월 15일 3시 15분의 어두운 가게 앞에 움직이는 것이라고는 바람에 흔들리는 전선과 저 남녀 한 쌍뿐이었다. 그리고 이날 이후 그 남자는 이 동네에서 사라졌다.

그 무렵은 그가 한참 예민해져 있을 때였다.

그의 슈퍼마켓에 세 번쯤 도둑이 든 일이 있었다. 그는 그 세 번이 다 같은 도둑일 것이라고 생각했다. 왜냐하면 처음에는 사소하고 소심했지만 나날이 대범해지고 뻔뻔해져서 오히려 잡히기를 바라는 것처럼 생각되었다. 처음 도둑이 들었을 때는 모든 것이 정상적으로 보일 정도로 별다른 흔적이 없었다. 잔돈이 들어있던 포스기가 열려 있고 3만 원 정도의 돈이 없어진 것과 라면과 생수를 건드린 흔적 정도였다. 없어진 현금이 아까웠지만 얌전하고 너무도 하찮아서 도둑이 들었다는 실감이 나지 않을 정도였다. 처음 도둑이 든 이후 거의 2개월 만에 두 번째로 도둑이 들었는데, 이번에도 약간의 돈과 함께 비슷한 물건들이 없어졌다. 그런데 판매대 뒤 담배 진열대에 있던 던힐 6미리까지 없어졌다. 담배는 쉽게 재고 파악이 안 되는 것이었는데 던힐 6미리는 찾는 사람이 거의 없어서 구석진 곳에 있었다. 그는 예민해졌고 새로운 얼굴의 손님들을 유심히 관찰했다.

도둑은 점점 대범해지고 있었는데 열흘 뒤 세 번째로 침입했을 때는 컵라면을 끓여 먹은 흔적까지 만들어 놓았다. 그대로 놔둔다면 아마도 그 도둑은 이곳에서 잠까지 잘 작정인 듯했다. 슈퍼에서 돈을 훔치고 술을 마시고 잠이 들고.......그가 예상할 수 있는 것은 그런 것이었다. 하지만 그가 가장 두려워하는 것은 그가 아침에 슈퍼의 문을 열고 들어섰을 때 도둑이 곤히 자고 있는 모습을 발견하는 일이었다. 누군지 알고 싶지만 정면으로 서로의 얼굴을 보는 것만은 피하고 싶기도 한 복잡한 심정이었다. 그래서 그날 이후 슈퍼주인 설정식은 자신의 슈퍼에 좀 과하다 싶을 정도로 CC 카메라를 달았다. 그리고 문 앞에다 그 사실을 붙여놓았다. "감시 카메라 작동 중". 일종의 도둑을 발견하게 될 사건으로부터 자신을 보호하기 위한 것이다. 그 뒤부터 도둑은 조용했다.

그는 불신에 빠졌다.

아직은 특별한 피해를 주지 않은 도둑은 그에게 CCTV를 들여다보는 취미와 멀쩡한 주위 사람들을 의심스러운 눈초리로 관찰하면서 주위에서 벌어지는 쓸데없고 자잘한 일들에 호기심을 가지게 했다. 그는 그동안 범죄를 다룬 여러 가지 잡다한 책들과 영화, 드라마, 그리고 법정의 판례집 같은 것까지 읽었고 이 도시에서 벌어진 몇몇 특이한 사건들에 대한 소문도 들었다. 그는 여전히 슈퍼 앞에 나타났다 사라져가는 젤리피쉬 드림하우스의 사람들에게 호기심을 가지고 있었다.

그들은 홀로 사는 사람들이고 불안정하고 이동이 잦은 사람들이다. 그들이 사고를 일으키기 쉬운지 아니면 이 도시의 토박이가 사고를 일으키기 쉬운지는 모를 일이다. 토박이들이 사고를 많이 일으킨다면 그는 심리학책까지 읽어야 할 것이다. 그의 슈퍼마켓을 털었던 그 도둑은 이 도시의 토박이일까? 아니면 떠돌이일까?

그는 오늘도 젤리피쉬 드림하우스 쪽을 관찰했다.

시체와 죽음에 관해 이야기를 나누고 던힐 6미리를 피우던 그 남자는 그의 호기심을 심하게 자극하고 사라져 버렸다. 그 남자의 마지막 모습을 담은 슈퍼 앞 CCTV의 화면을 쳐다보면서 그 남자와 함께 사라진 여자가 누구인지 추측하곤 했다.

그 남자를 마지막으로 본 것이 5월 초순 무렵이었다.

그날도 남자는 컵라면 2개와 던힐 6미리, 그리고 일회용 면도기, 커피믹스 한 통, 캔맥주 4캔 행사 상품을 사고는 10리터 쓰레기봉투에 넣었다. 평소의 습관대로 그는 카드를 그에게 계산하도록 맡기고 난 후 휴지통 앞에서 담배 포장을 뜯고는 한 개비를 꺼내 입에 물었다. 그는 담배가 다 떨어지면 슈퍼에 들르는 것 같았다.

"6미리가 이제 익숙해졌나 보죠?"

설정식이 묻자, 남자가 입에 문 것을 오른손 검지와 중지 사이에 끼우고는 말했다.

"처음에는 자극적이었는데, 이젠 더 이상 신선하지 않

군요. 더 센 걸로 뭐가 있을까요?"

남자는 어딘지 피폐해 보였다. 수염도 언제 깎았는지 오월의 잡초처럼 산만하게 길어있는 것이 보였다.

"글쎄요? 전 전자담배로 바꿨습니다만, 말보로?"

남자는 머리를 살짝 끄덕이고는 다시 담배를 입에 물고 밖으로 나갔다.

아침 10시의 길거리는 비었고 잠시 후 설정식이 밖으로 나갔을 때 그 남자는 바다 쪽을 바라보면서 담배를 피우고 있었다.

5월로 접어들자 바람은 많이 잦아들었고 나날이 햇볕은 뜨거워지고 있었다.

"오늘도 아른거릴 작정이네요."

그 남자는 뒤에 서 있는 설정식을 힐끗 뒤돌아보더니 다시 바다를 보며 말했다.

"놀러 가고 싶을 만큼 좋은 날씨군요."

"그러네요. 2월엔 딱 죽기 좋을 만큼 안개가 끼고, 3, 4월엔 미친 듯이 바람이 불어대더니 이젠 어디 한적한 꽃그늘 아래 누워서 영영 안 일어나고 싶은 날씹니다."

"자살 암시는 아니지요?"

"제가 왜요? 적어도 기다릴 것이 있는 사람은 자살하지 않거든요."

거기까지 말하고는 갑자기 설정식을 돌아보며 물었다.

"올해 벌써 바다에는 해파리가 많던데요?"

"오, 바다에 갔다 왔어요? 해파리가 갇힌 물에서 잘 자라죠. 해마다 수온도 빨리 올라가는 데다 매립 공사 중이라 물이 그만큼 깨끗하지 않다는 뜻이죠."

그렇게 해파리에 대해 말하면서도 슈퍼주인 설정식은 뭔가 미심쩍은 눈빛으로 그를 관찰했다. 그들이 나눈 대화가 워낙 우중충했기에 혹시 죽을 기회를 노리고 있는 것은 아닌지 의심이 드는 것은 어쩔 수가 없었다.

"그런데 자신의 무덤을 파고는 드러눕곤 한다는 그 친구분요. 이제 그 무덤 속에서 나왔습니까? 잘 있는 거죠?"

"아, 그 사람?"

담뱃재를 털고 꽁초 상태로 만든 구상규는 재떨이를 찾아서 파라솔 쪽을 눈으로 더듬는 중이었다.

"자신이 가지고 있는 모든 것을 줄 테니 나더러 나중에 지나가다 그 무덤을 흙으로 조용히 덮어달라고 하더군요."

설정식은 멈칫, 배 위에 올린 손을 멈추고는 구상규를 뒤돌아봤다.

"그래서, 그렇게 했어요?"

"했지요."

"에이, 농담이죠?"

"정말인데."

거기까지 말하고는 사마귀처럼 두 팔을 접은 채 가슴을 내밀며 조심스러운 기지개를 켰다.

"소식이 없어서 마지막으로 집을 찾아갔더니, 정말 자신이 판 무덤 속에 누워 있더라구요. 움직이지를 않아서 한참을 들여다봤는데, 죽어 있더라구요. 그래서 묻어주었어요."

"그의 집 마당, 그 무덤 속에다가?"

"그렇지요."

남자는 그때를 떠올리는 건지 생각에 잠긴 표정으로 머리를 끄덕였고, 슈퍼주인은 뚫어지게 그를 쳐다보고 있었다.

"죽은 건 확실하고요?"

"아마도. 그럴 거예요."

설정식은 놀란 듯한 둥그런 눈을 가늘게 뜨고 남자를 보았다. 그가 농담하는 것일까 궁금했다. 남자는 꽤 진지한 얼굴을 하고 있었다. 수염을 깎지 않아 조금 수척한 얼굴이었지만 인상이 나쁘지 않았다. 첫인상만큼이나 편견에 오염되기 쉬운 것은 없을 거라고 늘 생각했지만, 남자의 태도는 꽤 진지해 보였다.

"하지만 한 사람이 죽는 게 그런 식으로 해결되지 않을 건데요? 의사의 사망진단서나 증인 같은 것이 필요할 텐데."

"그 친구는 그런 식으로 죽고 싶어 했어요. 죽음 대신

실종이 차라리 낫다고 하더군요. 죽어서도 살아있는 사람들 속에 파묻혀 있는 방식. 가장 숨기 좋은 죽음이라나 뭐라나. 죽음은 재미없는 끝이니까 이왕이면 자신은 의문으로 남았으면 더 좋겠다고 하더군요."

"의문스런 실종이라....... 관심을 받고 싶었던 걸까요? 하긴 요즘 실종되는 사람들이 엄청나게 많다더군요. 안 좋은 조건에서 강제 종료 당하느니 리셋인지가 유행한다니까."

설정식이 혼자서 그렇게 중얼거리고 있을 때 남자는 다시 주위를 둘러보고 있었다. 무엇인지 찾고 있는 사람처럼 보였다.

"그럼, 그쪽이 유일한 목격자겠네요. 그 죽음인지, 실종인지의 해답요."

슈퍼주인은 문득 그렇게 말했고 남자는 그를 바라보더니 감탄했다.

"오~ 그렇게 되는 겁니까?"

그 남자는 잠시 생각에 잠긴 얼굴로 자신의 볼을 몇 차례 긁으며 조용히 말을 이었다.

"비밀은 싫은데........"

그렇게 중얼거리며 다시 바다와 그 한가운데 있는 섬을 바라보았다.

빛나는 아침 잔물결 위에서 섬은 가물가물하며 떠 있

었다.

"얼마 전에 저 섬에도 갔었지요."

"저기 별거 없죠? 사람들이 배 타고 갔다 오면서도 시들해하지요. 여기 사람들 잘 놀고 왔으면서도 별거 없다고 욕하니까."

"확실히 먹고 놀기엔 2퍼센트 부족했죠. 그런데 밖에서 보면 저렇게 가물가물 가보고 싶게 만드네요."

"그런 걸 홀린다고들 하죠. 깨어나면 아무것도 아닌데."

설정식이 묵직한 목소리로 말했다.

"홀림. 그렇군요."

남자는 다시 잠시 생각에 잠겨 있더니 갑자기 깨어나듯 말했다. 아무래도 생각이 좀 많아진 듯했다.

"다 말장난이었죠. 농담 같은 것."

"뭐가요?"

"제가 말한 그 무덤 이야기요."

"어허? 그래요?"

그날 201호 남자는 한참을 더 바다 쪽을 쳐다보다 고장난 로봇처럼 저벅저벅 젤리피쉬 드림하우스 쪽으로 사라졌다.

2.

정오 무렵 젤리피쉬 드림하우스 주인 하미영은 305호로 향했다. 6월의 햇볕은 나날이 뜨거워지고 있었다. 유난히 바람이 심했던 이번 봄에는 꽃샘추위도 자주 오는 바람에 꽃들이 변덕스러운 비바람과 함께 일찍 저버렸다. 해마다 꽃구경을 가곤 했는데 올해는 너무 짧아서 아쉬웠다.

오늘은 어둠 속에 잠겨 있는 3층의 복도 왼쪽 끝 305호를 치울 작정이었다. 305호는 20평으로 이 집에서 가장 큰 방이었다. 만화 속 영심이처럼 머리를 돌돌 묶고는 마주치면 붙임성 있게 말을 걸어오던 305호는 전기용품 회사에 다니던 비쩍 마른 남편과 함께 조그만 네 살 아이를 키우던 집이었다. 이번에 시 외곽에 새로 지은 아파트를 분양받아서 좋아하더니 아침에 이사를 나갔다. 알뜰하게 사는 사람들이었다.

그녀 또한 40년 동안 중학교에 교사로 다니던 남편 월급만으로는 부족해 자신이 식당을 경영하면서 이 3층짜리 건물을 일궜다. 그래서 오랫동안 습득한 알뜰함으로 60살이 넘은 나이에도 젤리피쉬 드림하우스 건물 관리를 직접하고 있었다. 세입자들의 이사와 청소, 자잘한 수리는 익숙한 일이었다.

주인 하미영은 2층 계단에서 오른쪽 맨 끝에 있는 201호 쪽을 바라보았다. 201호는 인기척이라고는 없고 조용했다. 201호 사람들은 좀체 얼굴을 볼 수가 없었다. 이 집의 다른 세입자들과는 수다를 떨며 그들의 사정을 어느 정도 파악해 온 것과는 다르게 201호 사람들과는 어떤 교류가 없었다. 그들과 마주치는 일도 거의 없었다.

처음 201호를 계약하던 날 갓 40대쯤 되어 보이는 여자가 아주 상냥한 얼굴로 옆 도시인 학산시에 본가가 있는데 직장 때문에 가족을 떠나 혼자 지내지만, 주말마다 집에 간다고 했다. 혼자 지내기 때문에 아마도 조용할 거라고 말했다. 게다가 여자라 집을 깨끗하게 사용할 것 같아서 주인으로서는 무척 좋은 세입자라고 생각했다.

그 뒤 우연히 지나다니다 몇 번 보았을 뿐 좀처럼 이 방의 사람들은 얼굴 보기가 힘들었다. 201호 여자는 무척 바쁜 사람이었다.

그런데 1년 지나지 않아서 방을 내놓겠다고 말했다. 집에 일이 생겨서 집으로 들어간다고 했던 것 같다. 하지만 전세금 빼기가 만만찮았다. 집값이 많이 떨어진 데다 불경기라 사람들이 꼼짝을 하지 않고 있었다. 작년 겨울로 접어들 무렵 전셋값이 빠질 동안만이라도 같은 직장에 다니는 여자와 월세도 아낄 겸 함께 지내겠다고 말했다. 그래도 번잡스럽지는 않을 거라고, 자신이나 같은 직장의 여자는 모두 집이 멀어서 가끔 이 방을 이용할 뿐 살림을 살지는 않을 거라고 했다.

그녀는 같은 직장에 다닌다는 여자를 스치듯 본 적은 있었다. 조금 더 젊은 사람이었고 수줍음이 많은지 웃기만 하고 말이 없었다.

당시 그 여자의 그런 제의는 주인으로서도 무척이나 반가운 일이었다. 그녀 또한 은행 이자며 전세금을 돌려줄 수 없어서 걱정이 많았기 때문이었다.

그래서 몇 달 전 이 방에서 낯선 남자가 201호에 깃들어 있어도 그녀는 모른 척했다. 그 남자는 두 여자 중 누군가의 남편이라고 했고, 방을 내놓았다는 말에 조금 놀라는 눈치였다. 무척 조용해 보이는 사람이었고 정중했다. 무슨 잘못이나 저지르고 다닐 것 같지는 않아 보였다. 그런데 뜻밖에도 201호에 깃들어 있던 그 낯선 남자가 그 방에 계속 세 들어서 살겠다면서 1년 계약연장을 했다. 그리고 월세금을 완전 전세로 돌렸다. 그래서 일단 남자에게서 받은 전세금으로 여자에게 전세금을 돌려줄 수 있었다. 그 일이 있고 난 뒤로 201호는 너무 조용했다. 불안할 정도로 고요했다. 남편이라는 남자도 어디로 갔는지 잘 보이지 않았다.

슈퍼 주인 설정식은 11시쯤에 받은 오전 물건들을 진열하고 박스 정리를 하고 있었다.

"오늘은 집에 계시는가 봐요?"

슈퍼주인 설정식이 살갑게 인사했다.

젤리피쉬 드림하우스 여주인 하미영은 별일이 없으면 동네 아주머니들이랑 모여서 백 원짜리 내기 화투를 두면서 소일했다. 그런데 오늘은 곱게 화장하고 젤리피쉬 드림하우스에 나타난 걸 보니 또 방이 빠질 모양이다.

"으응, 내일 방이 빠진다길래 집이나 둘러보려고."

하미영은 그렇게 대답하며 슈퍼주인 설정식을 바라보았다.

설정식은 이 동네 출신답게 무뚝뚝해 보였지만 사실은 입이 한번 터지면 멈출 줄 모르는 수다쟁이였다. 이 조그만 슈퍼는 그가 부모에게서 물려받은 것이다. 가끔 지나가던 슈퍼 파라솔 밑 동네 술꾼들이 재미 삼아 설정식에게 갑갑하지 않으냐 묻곤 했다. 그러면 설정식은 타지에서 생활보다 이곳의 생활이 훨씬 더 재미있다고 대답을 했다는데, 또 뭐가 그리 재미있냐고 했더니 일상에 의문을 던질 수 있을 만큼의 여유가 있다고 대답했다는 것이다. 동네에 떠도는 말들을 종합하면 설정식은 실없이 엉뚱한 수다쟁이였다.

"방이 또 빠졌어요?"

"하루도 잠잠할 날이 없지 뭐. 늙어서 편해 보자고 시작했는데 이 짓도 못 해 먹겠어."

"사람 뒤치다꺼리가 가장 힘들죠."

설정식이 세파에 시달릴 대로 시달린 사람처럼 대답하며 계산대 앞으로 걸어왔다.

"쓰레기봉투 좀 줘. 큰 걸로."

"75리터 드릴까요? 이번에는 어느 방이 빠지는데요?"

슈퍼주인 설정식은 장갑을 벗으며 계산대 안쪽으로 걸어가 몸을 숙이고 계산대 밑에서 쓰레기봉투를 꺼내놓았다.

"응. 305호. 살림 똑 부러지게 열심히 잘하더니 이번에 집 사서 갔어."

"아이 있는 집인가 보네요."

"아이라고는 그 집밖에 없었지. 집이 절간이야."

"주인들은 아이 있는 집 성가시다고 안 좋아하잖아요. 201호는 만나보셨어요?"

설정식이 그 일을 또 들먹일 모양이었다. 하여튼 이 설정식은 하루 종일 젤리피쉬 드림하우스만 들여다보는 재미로 사는 것 같다. 그런 그의 태도가 이럴 땐 정말 성가셨다. 설정식이 201호가 너무 조용하다고 전화해 보라고 재촉이 대단했다.

"아직 못 만났어."

"그 사람 못 본 지 한 달도 넘었다니까요. 뿅~하고 갑자기 사라졌어요."

"거기 전세금이 얼마나 많이 걸려 있는데, 5천만 원이야. 그걸 놔두고 어디 가겠어?"

"혹시 방에 있는 것은 아니겠죠? 너무 안 보인다니까요. 시체라도 발견하면 어쩌려고 그래요?"

"아, 이 사람이. 어딘가 여행이라도 갔겠지. 그런데 설씨야, 우리 집 일이 뭐가 그리도 궁금해?"

젤리피쉬 드림하우스 주인 하미영은 저절로 미간을 찌푸리며 짜증스런 목소리로 말했다. 할 수만 있다면 저 방정맞은 설정식의 입을 한 대 콕 쥐어박아 주고 싶었다. 시체라니. 저 인간이. 그 생각만으로도 하미영은 소름 끼치는 듯 진저리를 쳤다.

"아, 젤리피쉬 드림하우스는, 제게 거대한 의문부호입니다."

도대체 무슨 소리인지 도통 알아들을 수 없는 소릴 한다고 속으로 투덜거리면서 하미영은 머리를 저었다.

"그 사람 계약연장을 하면서 1년 정도는 걸릴 것 같다고 했어."

"더 있을 수도 있다는 말인가요? 뭐가 1년 정도 걸린다는 걸까요?"

설정식이 솔깃한 표정으로 하미영 쪽으로 귀를 돌렸다. 하미영의 눈에 보이지 않는 커다란 팔랑귀가 그의 귀에 붙어 나비 날개처럼 팔랑거리고 있는 듯했다.

"낸들 아나? 그거야 모르지."

"전화라도 한번 해보지 그러세요. 전화번호는 있으세요?"

"그럼 있지. 몇 번 통화도 했거든. 계약서도 썼어. 계좌번호도 적고. 사람도 점잖아 보이던데."

"그렇죠. 조용한 사람처럼 보여서 더 걱정이죠. 어딘지 비밀이 많아 보이지 않던가요?"

설정식이 다시 의심 가득한 눈초리로 하미영을 건너다보았다.

"왜 또 그 말이야? 제발 그 입 좀 조심하면 안 돼?"

"그러니까 어서 전화해 보세요. 저 방안에서 무슨 일이 일어나고 있는지 알아야죠."

"그래, 알았어. 내 그 계약서 당장 찾아서 전화해 볼게. 설씨도 새로운 사실 알게 되면 내게도 알려줘. 저 집에서 일어나는 일인데 내가 제일 늦게 알게 된다며? 아마도 이 동네에서 가장 먼저 아는 사람은 자넬 걸?"

젤리피쉬 드림하우스 여주인 하미영은 백 원짜리 오십 원짜리까지 정확하게 현금으로 쓰레기봉투 계산을 끝내고는 돌아섰다. 언젠가 설정식이 자기 건물을 해파리냉채라고 놀리던 것이 생각났다.

"아, 그리고 저 집이 그리 궁금하면 신경 끄고 해파리냉채나 만들어 먹어."

설정식에게 들으란 듯이 개에게 쫓기는 오리처럼 목소리를 높이고는 하미영이 슈퍼 밖으로 나갔다.

따뜻하고 화사하지만, 설정식은 가게에 매여 있느라 누릴 수 없는 날들이 지나갔다.

나날이 환해지는 저녁 6시 무렵이었다.

설정식이 슈퍼 유리창 밖을 보자 어느 낯선 남자가 슈퍼 밖에서 바다 쪽을 바라보고 서서 담배를 피우고 있는 것이 보였다. 두어 달 전 201호의 남자가 서 있던 바로 그 자리였다. 처음에는 언뜻 201호 남자를 떠올렸기 때문에 눈길이 갔는지도 몰랐다. 201호 남자가 아니라는 것을 인지하고 난 뒤에도 낯선 사람이라 유심히 보게 되었다. 저쪽 길 담벼락에는 그의 차인지 역시 회색의 아주 낡은 4륜구동차가 서 있는 것이 보였다. 그 모습이 마치 먼 곳에서 이 도시에 막 도착한 듯했다. 그 순간 그 남자와 눈이 마주쳤다.

슈퍼주인 설정식과 눈이 마주친 남자는 움찔하는 듯하더니 눈길을 다시 바다로 돌리고 담배 연기를 깊숙이 빨아들이고는 다시 뱉었다.

그러더니 천천히 돌아서서 그때껏 자신을 쳐다보고 있는 설정식을 확인하고는 담배 재를 털어 끄더니 슈퍼를 향해 걸어왔다. 슈퍼 출입문 바깥에 있는 쓰레기통에다 꽁초와 구겨진 담뱃갑을 버리고는 유리문을 밀고 안으로 들어왔다.

"안녕하세요."

남자는 약간 곱슬머리에 웃는 얼굴이었는데 조금 벌어진 앞니가 유쾌해 보였다.

"안녕하세요."

"말보로 레드 주세요. 방금 마지막 담배를 다 피우지도 못하고 꺼버렸네요."

"센걸 피우시네요."

설정식은 담배 매대 구석에서 담배를 꺼냈다.

"어릴 때부터 피우기 시작해서 완전 골초가 되어버렸지요."

“한창 반항기에는 세상에서 하지 말라는 거 하는 게 괜히 멋있어 보이죠.”

“그렇죠. 그런데 이제는 끊을 수가 없으니, 반항이 그냥 삶이 되어버린 듯합니다.”

남자는 카드 단말기에다 자신의 카드를 꽂은 후 담배를 집어 들었다. 설정식은 카드 승인이 나기를 기다렸다가 그에게 카드를 내밀었다.

“이 근처에 젤리피쉬 드림하우스라는 곳이 있나요? 네비게이션으로는 이 근처인 것 같은데 간판이 보이지 않네요.”

남자가 그렇게 말하자 슈퍼주인은 혹하는 표정으로 눈을 반짝였다.

“바로 저 앞 골목 속에 있어요. 젤리물고기.”

하면서 가게 문 너머 도로 오른쪽을 가리켰다.

“젤리물고기? 아, 젤리피쉬 드림하우스를 여기 사람들은 그렇게 부르는군요.”

“저만 그렇게 부르죠. 그런데 여기는 처음입니까?”

그렇게 묻는 슈퍼집 주인의 눈은 왠지 경비원처럼 탐색하는 눈빛이었다.

“네. 낚시 다닐 때 바다 쪽으로 가까이 온 적은 있는데, 이 동네는 처음입니다.”

"오, 낚시를 좋아하시나 보네요. 그런데 저기 젤리 물고긴지, 해파리 꿈속인지에는 무슨 일로 오셨어요?"

"저기에 방을 구했거든요. 친구가 소개해 줬지요."

"아, 그래요? 새집이라 깨끗하고 조용하니 좋을 겁니다. 뭐 예쁜 여자들도 많이 살고 있고요."

"아, 그래요?"

이번에는 낯선 남자가 눈을 반짝였다.

"천국이라는 소문이 났는데도 누군 그럽디다. 조용한 무덤이라고요. 조용하단 소리겠죠."

슈퍼주인 설정식의 말에 기영수가 머리를 기울였다.

"무덤처럼요?"

"저기 사는 사람 말이니까, 뭐 확실할 겁니다. 어디 공동묘지 무덤 파는 사람인지 누굴 파묻었다는 둥 농담만 하는 사람이었죠."

"아, 그런 사람이 있었어요? 그럼, 한번 가봐야겠군요."

남자는 그렇게 말하면서 빨간 담뱃갑을 집어 들고 슈퍼 밖으로 나갔다.

기영수는 슈퍼 밖으로 나와 잠시 바다 쪽을 다시 쳐다보고는 젤리피쉬 드림하우스가 있다는 골목을 바라보았다.

그는 일주일 전 한 통의 전화를 받았다. 그가 세 들어있는 한국인 아파트 주인 남자와 헝가리 어부의 성을 올랐다가 도나우강변 술집 근처를 어슬렁거리고 있을 때였다. 자신을 정이라고 한 아파트 주인은 헝가리 여자와 결혼하여 한국인들을 상대로 여행안내도 하고 세를 받으며 살고 있었다.

핸드폰의 벨이 울려서 액정을 보니 처음 보는 전화번호였고 한국에서 걸려 온 것이었다.

"여보세요. 거기 기영수씨 전화입니까?"

여자 목소리였고 느긋한 나이의 연륜이 느껴졌다.

"네. 무슨 일이시죠?"

그는 국제전화였고 시끄러운 노점과 테라스형 술집 거리를 지나고 있어서 매우 시끄러웠기 때문에 용건을 곧바로 물었다.

"여기 빌라 주인인데요."

"빌라요? 어느 빌라요?"

그는 심각해져서 저절로 걸음을 멈추었다.

"젤리피쉬 드림하우스라고 월산시 하월동에 있는……."

그때쯤 기영수는 잘못 걸려 온 전화일 것이라고 짐작했다. 그는 월산시와 관련이 없었다. 그의 이름을 말했어도 착오일 것이라 생각했다.

"아, 그런가요? 그런데 무슨 일로?"

"201호에 별일 없나 해서요. 잘 있는 거죠?"

이건 어떤 상황일까, 그는 잠시 당황했다. 전혀 모르는 사람이 자신의 안부를 물어온다.

"네. 제가 좀 멀리 외국에 있습니다. 한 달 더 있다가 한국에 들어갈 텐데.......기영수 저에게 전화한 거 맞으신가요?"

그렇게 물을 수밖에 없었다.

"네. 여기 계약서에 기영수라고 적혀 있습니다. 전화번호도 맞고요."

"계약서요?"

"네. 전세 계약서."

그는 그때쯤 왠지는 알 수 없으나 구상규를 떠올렸다. 착오가 아니라면 그런 장난을 칠 사람은 구상규밖에 없었다.

"거기 계약서에 다른 사람 이름은 없나요? 다른 전화번호라든지......."

"없는데요."

"언제 계약했었죠?"

"올 4월에, 1년 계약했죠."

"네. 알겠습니다. 일단 주소가 어떻게 되는지, 아니 계약서 사진을 찍어서 이 번호로 전송 좀 해주시겠어요? 제가 한 달 뒤에 찾아가겠습니다."

"그러세요. 잘 있다면, 무사하다면야, 언제 오든지 상관없지요. 걱정되어서."

그렇게 그는 전화를 끊었다. 그리고 십여 분이 지나서 전송된 계약서의 주소를 지도에서 위치를 검색했다. 그 주소는 그가 한 번도 가보지 않은 곳이었다.

그는 그 이상한 전화가 마음에 걸려서 일찍 한국으로 돌아왔다. 내내 구상규가 의심스러웠고 그래서 당연한 순서로 그에게 연락을 해봤다. 하지만 전화기가 꺼져 있다는 안내만 매번 돌아왔다. 무슨 일이 있는 듯했다.

그런데 방금 저 슈퍼주인과의 대화에서 무덤 이야기를 듣는 순간 이 모든 일들이 구상규의 장난이라는 것을 확인했다.

구상규는 몇 개월 전부터 이상해졌다. 그는 이리저리 떠돌아다니는 자신과는 달리 그동안 건실한 삶을 살았는데, 결혼을 앞둔 어느 날 갑자기 파혼을 하더니 집과 직장을 버리고 사라졌다. 몇 번 통화를 해봤는데 잘 있다고 했다. 무덤에 대한 농담을 하면서.

그 무덤에 관해 잊혀지지 않는 농담 가운데는 5월의 어느 날 보낸 문자도 있었다.

- 무덤 번호 9001

밑도 끝도 없는 그 문자를 보고, 픽, 웃을 수밖에 없었다. 이 늦은 시간에 웬 장난인가, 했지만 부다페스트와의 시차를 생각했고, 그 뒤에 한동안 잊었다.

젤리피쉬 드림하우스라는 빌라 주인으로부터 그 이상한 전화를 받고서야 구상규로부터 받은 문자를 다시 들여다보았다. 그때 비로소 그는 무신경하고 무감각한 자신을 자책했다. 그 번호는 아마도 어딘가로 들어가는 문의 비밀번호라는 생각이 들었다. 상규는 기어이 무덤으로 들어 간 것일까? 지나가다 무덤을 덮어 달라던 그날의 농담인지 부탁인지를 의미하는 것일까? 그는 온갖 생각으로 잠을 설쳤다.

모든 것에 무감각했고 아무런 삶의 목적이 없었던 그는 저 빌라 건물 이름인, 해파리처럼 여기저기를 떠돌아다니는 수많은 인간들 중의 하나일 뿐이었다. 빌라의 이름을 보는 순간, 마치 그에게 농담을 건네는 것 같았다.

그렇게 그는 젤리피쉬 드림하우스 앞에 서 있었다.

그런데 이상하게도 이 낯선 동네, 그리고 이 슈퍼마켓, 그리고 저 너머로 보이는 바다 풍경은 어디선가 한번 본 듯한 기시감이 들었다.

멀리 바다 쪽에는 저녁이 떨어지는 하늘이 펼쳐져 있고 그 앞 사람들의 동네에는 어둠이 내려앉고 있었다.

이런 날씨, 이런 색의 파라솔, 그리고 파란색 플라스틱 의자들, 이런 냄새. 바닷가 낚시터 근처의 슈퍼마켓의 풍경에 너무 익숙한 것인가?

그의 눈앞에 어느 여름 저녁의 풍경이 어른거렸다.

여름 저녁이다. 아니 늦은 저녁인가. 어쨌든 그는 여름의 끝이어야 한다고 생각한다. 약간 서늘한 늦여름이다. 그럴 것이다. 틀림없이 그럴 것이다. 왜냐하면, 그 밤의 모든 것이 약간은 때늦은 듯한 느낌이었기 때문이다. 가끔 서늘한 바람이 불어와 저녁에는 긴팔을 입어야 하는 계절. 저녁이라기엔 밤으로 넘어가는 시간. 뒤섞인 시간대. 되돌리기엔 너무 늦은 계절.

때늦은 민소매 노란 티셔츠, 우습게도 밑에는 검은 교복 치마, 직직, 아무렇게나 끌리는 슬리퍼, 그리고 어둠에서 빛나는 색깔을 알 수 없는 매니큐어, 짧은 단발머리조차도 이제는 서늘해진 밤공기에는 맞지 않는다는 느낌이었기 때문이다. 그것은 그 여자가 입었고, 하고 있다는 표현보다는 날카롭고 집요한 햇빛이거나 카메라 불빛에 노출되듯, 대기 중에 강제로 노출되어 있다는 인상을 주었다. 쌀쌀해진 기온에 한여름의 방심한 듯한 차림으로 말이다.

그녀는 썰렁한 간이의자에 앉아 있다. 피곤한 다리를 쉬고 싶다는 생각을 떨쳐버릴 수 없었기에, 그녀의 오른발은 슬리퍼 밖으로 빠져나와 왼쪽 다리 위에 얹혀 흔들거리고 있다. 오랫동안 피곤하고 멍한 표정으로 앉아 있는 중이다. 그녀의 다리에는, 지금은 어둠으로 보이지 않지만 언제나 가시지 않는 멍 자국 때문에 얼룩덜룩할 것이다. 그녀의 몸은 언제나 피곤하다. 어디서 어떻게 오게 된 상처들인지는 몰라도 그런 흔적들이 늘 가시지 않는다.

갑자기 심상치 않은 바람 한 점이 불어오고, 순간, 구름 속에 가려있던 동그랗고 노란 달이 모습을 드러낸다. 이제 막 떠올라 작고 단단해지는 달.

여자는 갑자기 자리에서 일어선다. 잠시의 휴식은 끝났다. 자신이 멈추지 않으면 휴식은 누군가에 의해 강제로 깨지곤 했다.

주인이 아무것도 주문하지 않고 간이의자에 오래도록 앉아 있는 그녀를 경계의 눈초리로 바라보고 있을 것이다. 그녀는 일어서야 했다. 피로한 몸을 이끌고 지금 당장 그녀는 어딘가로 가야 한다. 여자는 느리게 몸을 일으키고는 직직 슬리퍼를 끌며 어디론가로 간다. 그녀의 바로 앞은 어둠이다. 그녀가 방금 일어선 가게의 불빛이 미치지 못하는 어둠 속으로 가야 한다. 어둠 속의 음울한 나무 그림자가 또다시 불어온 바람 때문에 춤을 춘다. 심상치 않은 바람이다.

이제 곧 밤이 올 것이다.

밤의 어둠 속에서, 가로수 나무 그늘에서 그는 오랫동안 숨어서 나오지 않았다. 그는 끝내 그 여자를 부르지 않았다.

작가의 말

이 글은 아주 오래되었다. 세어보니 대략 25년 정도 지난 것이다.

당시까지만 해도 한국은 활자의 시대였다. 장편소설이 유행했고 원고 인세도 제법 붙던 시절이라 쉽고 재미있는 대중 소설을 목표로 삼았다. 길어야 돈이 될 테니 2권짜리를 계획했고, 내 주위의 어두운 내용을 모조리 끌어모아 버무려 쓰기로 작정했다. 1년 정도 걸려 썼던 것으로 기억한다. 겨우겨우 완성은 했으나 쓰면서 나는 내적 균열과 분열을 심하게 겪었다.

내용을 장악하기는 커녕, 힘이 없어서 작가가 자폭할 상황이니 작품도 해체되기 직전이었다. 글자들을 끌어모아 물레에 올려 빚어 올리면 자꾸만 허물어져 내렸다. 게다가 내용까지 어두우니 끌리지도 않았다. 나는 내버려 둔 채 그만 잊기로 했다.

그렇게 많은 시간이 지나고 다시 열어보니 내용이 너무 낡아 있었다. 이리저리 다듬어 물기를 끼얹어 다시 올리니 그런대로 모양은 갖추어진 듯하다. 최선을 다하고 싶으나 역시 힘에 부친다.

이 소설은 혼자 아프고 혼자 숨을 장소를 찾는 사람들에 관한 내용이다. 그리고 주위 사람들을 외면하며 지내온 사람들의 시간들에 대한 내용이기도 하다.

내게는 폐암 말기 혼자 아프고 싶어 집을 찾아 헤매던 어머니를 떠올리는 부분도 있지만 어떤 부분을 읽을지는 독자에게 맡기고 싶다.

2023년 가을, 뱃소리 요란한 남해의 어느 포구에서

김내언 장편소설

젤리피쉬 드림하우스

Jellyfish's Dreamhouse

초판1쇄 발행 2023년 11월 25일

지은이 김내언
펴낸이 이지순

편집 성윤석 **디자인** 디자인무영
제작 뜻있는도서출판
경남 창원시 성산구 중앙대로 228번길 6 센트럴빌딩 3층
전화 055-282-1457
팩스 055-283-1457
이메일 ez9305@hanmail.net

펴낸곳 사유악부
(사유악부는 뜻있는도서출판의 현대문학 분야 출판 임프린트입니다)

ISBN 979-11-985307-0-7 03810